KB151905

BBULMEDIA

그레이트 코리아

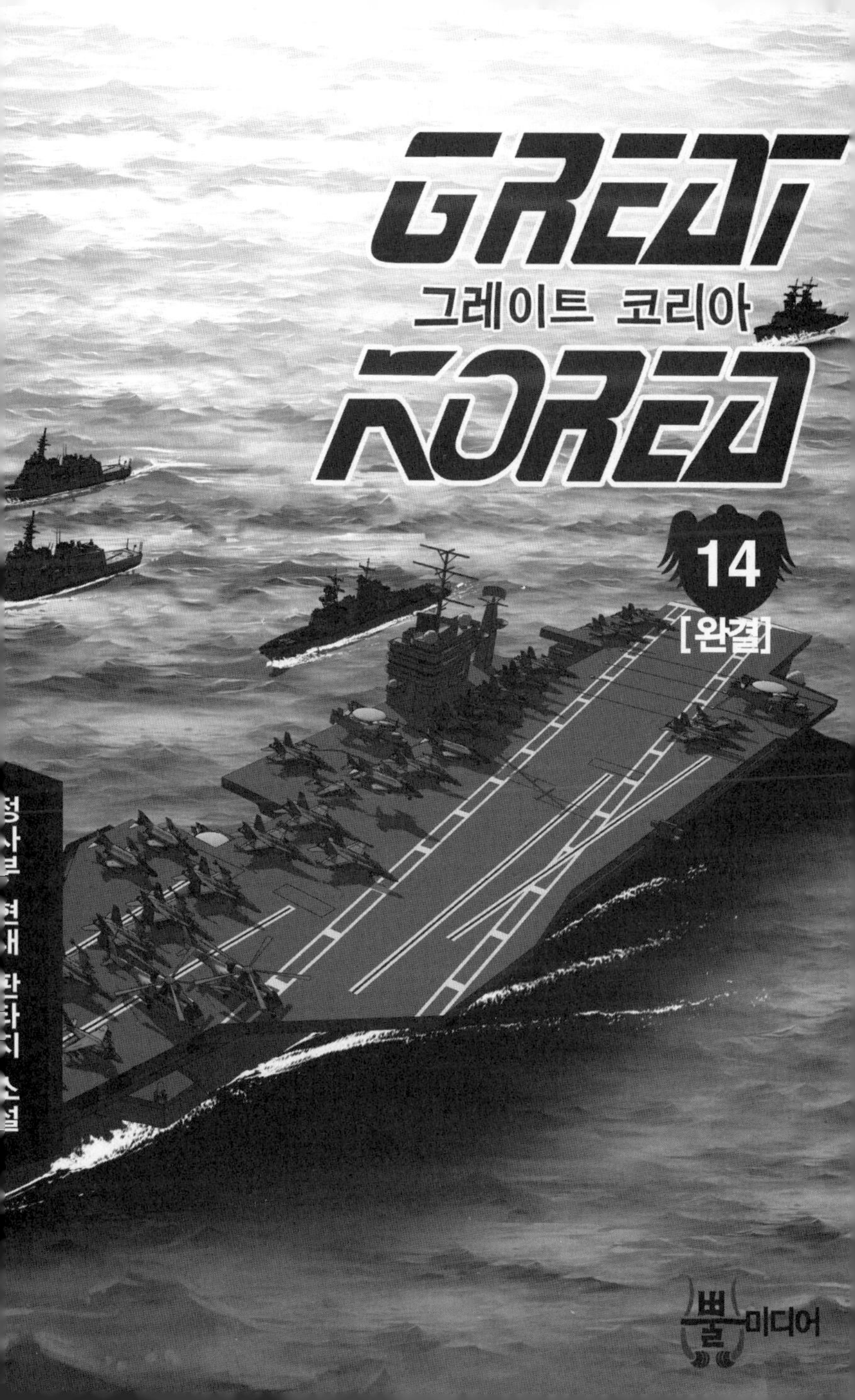
GREAT
그레이트 코리아
KOREA
14
[완결]
뿔미디어

contents

1.
미국의 선언

일본 도쿄.

중국 국무원 부총리인 위청산은 지금 표정을 굳힌 채 앞에 앉아 있는 일본의 관방장관인 고노야마 아키라를 보고 있었다.

하지만 고노야마 아키라는 그와 반대로 편안한 표정을 유지하고 있었다.

"일본은 왜 약속을 이행하지 않는 것이오?"

침묵이 이어지던 중 먼저 입을 연 것은 위청산이었다.

총서기 주진평의 명령을 받고 일본에 따지러 온 그였기에 그의 말투는 결코 좋지 못했다.

하지만 아키라는 위청산의 날카로운 말투와는 대조되게 평온한 말투로 답했다.

"우리가 무슨 약속을 지키지 않았다는 말입니까?"

"뭐요?"

아키라의 말에 위청산은 눈을 부릅뜨며 소리쳤다.

"당신들이 그렇게 나온다면 우린 더 이상 이번 전쟁을 수행할 생각이 없소. 그리고 이번 전쟁이 벌어지게 된 배경에 대해 한국에 알릴 것이오."

위청산은 뻔뻔스럽게 나오는 아키라의 태도에 자존심이 크게 상한 나머지 전쟁 중단과 폭로라는 과격한 방식을 꺼내 들었다.

그제야 아키라는 아차 하는 생각이 들었다.

자신이 너무나 위청산을 막바지로 내몰았다는 뒤늦은 후회가 든 것이다.

하지만 그것도 잠시. 생각을 정리한 아키라는 중국의 의도를 한 번 떠보기 위해 질문을 던졌다.

"그 말을 한국이 믿어주겠습니까? 그리고 대국이라 부르짖는 중국이 또다시 소국인 한국에 항복을 한다면 중국 인민들이 어떻게 생각을 할까요?"

"음……."

아키라의 돌직구에 위청산은 한순간 할 말을 잃었다.

확실히 현재 중국 지도부는 진퇴양난의 처지였다.

전쟁을 계속해서 수행하는 것도 문제가 있고, 그렇다고 한국에 항복을 하는 것도 대국 중국의 입장에선 안 될 소리였다.

지금 상황에서 가장 좋은 그림은 한국이 중국에 항복을 하는 것이지만, 이미 그건 물 건너간 상황이었다.

첫 교전에서 대승을 거둔 한국이 굳이 중국에 항복을 할 이유가 없기 때문이었다.

그렇다면 다음으로 좋은 그림은 원래 약속한 대로 일본이 한국에 선전포고를 하며 기습 공격을 하는 것이었다.

그렇게 된다면 한국으로서는 앞뒤로 공격을 받아 전선(戰線)이 늘어나며 병력이 갈리게 된다.

뿐만 아니라 아무리 한국이 대단하다고 해도 중국과 일본이 협공을 하는데 그것을 막아낼 여력은 없을 것이 분명했다.

그렇기에 그 방법이 지금으로서는 가장 좋은 방안이라고 생각되었다.

하지만 현재 일본의 행보를 보면 믿음이 가지 않았다.

뭔가 노림수가 있는 것 같은데, 그것을 파악할 수가 없었다.

원래 전쟁을 부추긴 것은 일본이 먼저였는데, 지금은 오히려 뒤로 한 발짝 물러난 행태를 보이고 있으니, 위청산은 자신들이 일본의 꼬임에 넘어가 성급하게 전쟁을 벌인 것에 대하여 후회가 되었다.

지금도 눈앞에 있는 일본의 관방장관이란 자의 태도를 보면 알 수 있었다.

분명 일본도 이번 전쟁을 기획하면서 자신들과 한국이 치고받을 때 뭔가 이득을 보기 위해 준비를 하고 있다는 것을 느꼈다.

그래서 자신도 일본의 생각을 읽고 당에 보고를 하여 전쟁 준비를 했던 것이다.

그런데 막상 자신의 생각과 다르게 움직이는 일본의 태도에 갈피를 잡을 수가 없었다.

일본이 노리는 것이 진정 무엇인지 현재로서는 알 수가 없기 때문이었다.

자신이 파악한 바에 따르면, 일본은 현재 국가 위기급의 자연재해로부터 안전한 땅을 찾고 있었다.

그러한 의도를 파악한 중국은 땅을 차지하는 대신 한국이 가진 기술을 손에 넣으려는 계획이었다.

그런데 일본이 약속과 다르게 자신들이 전투까지 벌였는데도 아무런 움직임도 없자, 위청산으로서는 이들이 노리는 것이 진정 무엇인지 헷갈리기 시작했다.

그래서 지금 자신에게 던져진 돌직구에 쉽게 대답을 하지 못하는 것이었다.

막말로 지금의 처지에서 벗어나기 위해서는 고노야마 아키라의 말대로 한국에 항복을 하고 권좌에서 물러나면 되겠지만, 그렇게 했다가는 정말로 자신은 물론이고, 현 중국 지도부 어느 누구도 살아남을 수가 없었다.

한 번도 아니고, 이번의 경우까지 한국에 일방적으로 당한 채 항복을 하게 된다면, 어쩌면 중국 내에서 쿠데타가 발생할 수도 있는 문제였다.

뿐만 아니라 이미 동북 3성을 주기로 해놓고 그 와중에 선전포고를 했으니, 이후로는 더 많은 것을 한국에 지불해야만 할 것이다.

그러니 중국 지도부로서는 정말이지 진퇴양난이었다.

전쟁을 계속 수행하기도 어렵고, 그렇다고 단독으로 한국을 점령할 수 있다는 확신이 드는 것도 아니었다.

더욱이 미국에서 빼낸 정보에 의하면, 이대로 전쟁을 진행해 나간다면 한국이나 자신들이나 양패구상이었다.

게다가 그렇게 되면 일본 또한 무사할 수가 없었다.

한반도에 핵전쟁이 벌어졌는데 그와 가까운 일본에 아무런 피해가 없을 것이라고는 장담할 수 없었다.

그리고 그건 워게임에서도 여실히 드러났다.

일본뿐만 아니라 지구의 북반구 전체가 핵겨울을 맞아 생명체의 90% 이상이 멸절(滅絶)한다고 나와 있었다.

그렇다고 남은 10% 정도가 정상적인 것도 아니었다.

기아와 혹한에 시달리고, 또 방사능 피폭의 결과로 기형(畸形)적인 변화가 일어나 고통을 받는다고 나왔다.

위청산은 문득 미국의 워게임 결과가 떠오르자 속으로 미소를 지었다.

뻔뻔한 일본을 끌어들일 묘안이 생각났기 때문이다.

"이번 전쟁을 위해 미국에 로비를 많이 했다고 들었는데, 일본 정부는 미국이 이번 전쟁을 어떻게 보고 있는지 알고 있습니까?"

갑작스런 위청산의 질문에 아키라는 잠시 당황했다.

무엇 때문에 그런 질문을 하는 것인지 파악하기 힘들었기 때문이다.

중국을 자극해 보다 많은 이득을 취하려던 아키라는 위청산의 협박 아닌 협박에 한순간 당황하고 말았다.

그의 말처럼 중국이 미친 척하고 한국에 항복을 하고, 일련의 모든 사태가 일본의 계획이었다는 것이 밝혀지면, 일본은 국제적으로 고립이 되고 말 것이다.

동맹국인 한국에 혼란을 일으키고, 또 그 와중에 이득을 취하려고 했다는 사실이 국제사회에 알려진다면 일본은 믿을 수 없는 국가로 낙인이 찍히고 예전 2차 대전 당시의 치부까지 들춰지게 될 것이 분명했다.

일본은 과거의 망령을 사람들의 기억에서 지우기 위해 오랜 기간에 걸쳐 많은 노력을 기울였다.

그들은 패전의 폐허 속에서 한국전쟁의 특수를 맞아 극적으로 경제를 재건하였다.

그리고 그것을 기반으로 국제사회에 영향력을 넓혀갔다.

그런 후, 비대해진 영향력으로 자신들이 과거에 잘못한 것들을 덮어갔다.

그런데 지금에 와서 일본이 협잡을 꾸몄다는 사실이 국제사회에 까발려진다면, 이전에 덮었던 치부까지 덤으로 수면 위로 떠올라 규명을 하려고 들 것이다.

이미 한 번 한국 때문에 덮어두었던 진실이 표면 위로 드러나면서 동해와 독도가 한국의 주장이 맞다는 국제 분쟁 위원회의 판결을 받았다.

사정이 그러한데 다른 나라도 아닌 중국이 전쟁의 배후에 일본이 있다고 주장을 하면, 일본으로서는 그저 당할 수밖에 없었다.

실제로 일본은 그런 목적으로 중국을 전쟁에 끌어들였고, 그 증거를 중국이 가지고 있으니 말이다.

다만, 지금 아키라가 이해하지 못하는 점은 중국의 입장에도 그러한 짓은 자충수라는 점이었다.

즉, 너 죽고 나 죽자는 수였기에 지금 아키라는 위청산의 말을 어떻게 판단해야 할지 감피를 잡지 못하는 중이었다.

현재 상황으로는 중국이 숙이고 들어와야 하는데, 오히려 자신들을 윽박지르는 그 내면에 어떤 카드를 가지고 있는 것인지 짐작을 할 수가 없었다.

아키라는 정말로 위청산의 주장대로 자신들이 약속을 이행하지 않으면 자충수나 다름없는 전격적인 항복을 할 것인지, 그의 눈을 쳐다보며 본심을 읽으려 애를 썼다.

하지만 위청산 또한 지금의 지위에 오르기 위해 오랜 기간 동안 많은 권모술수(權謀術數) 속에서 살아남은 위인이었다.

아키라가 그의 생각을 읽어내려 해도 그것을 감추는 것은 너무도 쉬운 일이었다.

정치를 하면서 속마음을 감추고 적의 진의를 파악하는 것은 기본적으로 가져야 할 스킬이었다.

그러한 스킬을 가졌기에 지금의 지위에 오를 수 있던 것이기도 했다.

자신의 생각을 숨길 수 없는 정치인은 금방 도태되고 만다.

자신의 내면을 숨기고 상대의 진의를 살펴 상대를 설득하거나, 상대의 또 다른 적에게 약점을 넘겨 이득을 취함으로써 상대를 누르고 더 위로 올라가는 것, 그것이 바로 정치인 것이다.

정치란 협력과 타협만 있는 것이 아니다. 때로는 권모술수를 부려 적을 쓰러뜨리기도 하고, 또 때로는 상대의 수에 넘어가 줘야 할 때도 있다.

이런 모든 수를 가지고 있어야 위로 올라갈 수 있으며, 그런 모든 것을 가지고 있는 자가 바로 위청산이었다.

물론 아직 그의 위로는 올라갈 자리가 더 있지만, 그 자리를 차지하고 있는 자는 너무도 막강해 위청산으로서는 그를 넘어설 수가 없었다.

아무튼 그런 위청산이기에 아키라의 잔머리는 통하지 않았다.

결국 아키라는 막무가내로 나오는 위청산의 태도에 항복할 수밖에 없었다.

조금 더 이득을 보려고 협상장에 나왔는데, 오히려 상대의 수에 말려 먼저 숙이고 들어갈 수밖에 없게 되었다.

"우리 일본 정부도 준비를 하고 있습니다. 아직 부족한 부분이 있어 늦어지는 것입니다. 진정하십시오."

아키라는 마치 간신처럼 표정을 바꾸고는 위청산을 달래며 아직까지 한국에 선전포고를 하지 않은 이유에 대하여 변명을 늘어놓았다.

"곧 총리께서 선전포고에 대한 담화를 하실 것입니다."

위청산은 곧 일본 총리가 담화를 발표하기로 했다는 아키라의 말에 그제야 표정을 풀었다.

사실 위청산도 인민해방군이 어처구니없게 한국군에 패하지만 않았어도 이렇게까지 할 생각은 없었다.

중국 정부 또한 일본이 차일피일 선전포고를 미루는 것에 대해 별다른 항의를 하지 않았었다.

그 이유는 바로 인민해방군만으로도 충분히 한국을 점령할 수 있다는 자신감이 있었기 때문이다.

굳이 일본과 한반도를 나눠 가질 필요가 없다는 생각에 단독으로 전쟁을 벌인 것이었다.

하지만 상황이 바뀌었다. 자신들만으로 충분할 것이라 생각했던 전쟁이 결코 만만치 않다는 것을 뒤늦게 깨달은 것이다.

너무도 막대한 피해를 입고 나서야 알게 된 현실은 중국의 지도부로 하여금 그동안 신경 쓰지 않던 일본 정부를 찾게 만들었다.

먼저 말을 꺼내고도 여전히 침묵을 고수하고 있는 일본을 전쟁에 끌어들여, 자신들이 피해를 복구하고 정비할 시간을 벌기 위한 방패로 이용하기 위해서였다.

◈　　　◈　　　◈

일본이 한국에 선전포고를 했다는 소식이 전 세계에 퍼지자 미국의 움직임이 바빠졌다.

자신들이 어떻게 개입해야 할 것인지 결정을 내리지 못한 상태에서 일본이 대뜸 선전포고를 했기 때문이다.

물론 백악관이 일본 정부의 움직임을 아예 예상하지 못한 바는 아니었다.

일본은 자연재해와 방사능 오염으로부터 안전한 땅을 오래전부터 원해왔다.

그런 조건에 가장 충족되고, 또 한때 지배하기도 했던 한반도는 일본의 입장에서 볼 때, 참으로 군침이 도는 땅이었다.

그 때문에 일본은 오래전부터 한국 땅에 갖가지 작업을 벌였다.

그러한 정황을 잘 알고 있는 미국 정부에게 일본은 미국이 눈독 들이고 있던 기술을 넘겨주는 조건으로 눈감아줄 것을 원했다.

그리고 미국 또한 자신들이 원하는 것을 넘겨준다는 말에 찬성을 하였다.

물론 반대 의견도 많았지만, 근소한 차이로 전쟁을 눈감아주고 이득을 취하자는 쪽이 우세하였다.

어차피 자신들은 피를 흘리지 않고 열매를 따 먹을 수 있으니, 한국이 어떻게 되든 미국의 입장에서는 아무런 상관도 없었다.

더욱이 자국의 영향력에서 벗어나고 있는 한국을 한 번쯤 혼내주려던 참이었기에 마침 적당한 때라고 생각했다.

전쟁이 일본의 계획대로 흘러가도 좋은 일이고, 그렇지 않고 한국이 위기를 극복해도 상관이 없었다.

그때쯤이면 한국은 만신창이가 되어 있을 것이고, 중국과 일본의 위협 속에서 살아남으려면 미국의 손을 잡아야 할 테니, 그때 가서 미국이 원하는 것을 한국이 스스로 바치게 하면 더욱 좋은 일이었다.

하지만 모사재인 성사재천(謀事在人 成事在天)이라고 했던가.

일을 꾸미는 것은 사람이 하지만 그 일이 이루어지는 것은 하늘의 뜻이라는 말처럼 중국과 일본, 그리고 미국은 서로 다른 생각을 하면서 협력을 하였지만, 결과는 뜻밖으로 나타났다.

자신들의 군대를 과대평가한 중국은 초전부터 엄청난 피해를 입었고, 일본은 양패구상을 기대하며 몰래 군대를 준비하였지만 중국에게 자신들의 계획만 까발려졌다.

그리고 미국은 동맹이 위기에 처한 상황임에도 자국의 이득만을 생각해 관여하지 않은 것 때문에 국제적으로 위신이 깎였다.

뿐만 아니라 세계 평화를 위해 싸운다는 미군의 자부심은 정치인들의 이해관계로 인해 무너졌다.

그러한 사실 때문에 백악관은 심각한 위기에 빠지고 말았다.

IS와의 전쟁에서 우위를 보인 덕분에 잠시 지지율이 상승하는 듯했지만, 이번 동북아시아의 전쟁으로 인해 행정부의 부도덕성이 부각되면서 지지율은 빠르게 곤두박질쳤다.

이 일로 인해 존 슈왈츠 대통령의 지지율은 30%에도 미치지 못할 정도로 급락하였다.

더욱이 재임 기간도 끝나가고 있는 마당에 자칫 잘못하다가는 탄핵을 받을 수도 있는 상황이었다.

"이게 뭔가! 괜히 시일을 조율한다고 머뭇거리다 시기마저 놓치지 않았나!"

존 슈왈츠 대통령은 일본발 핵폭탄 같은 소식에 불같이 화를 내며 보좌관들을 돌아보았다.

방금 전, 일본 총리가 한국에 대하여 선전포고를 한 것이 존 슈왈츠 대통령에게는 부담으로 다가왔다.

원래 오늘 존 슈왈츠 대통령은 중국과 한국의 전쟁에 대하여 논평을 하고, 양국이 핵무기 보유국이라는 것을 사람들에게 인식시키며 두 국가에 핵무기 사용을 자제할 것을 촉구할 생각이었다.

물론 말로만 그런다고 중국이나 한국이 따르리라고는 생각하지 않았다.

그렇기에 존 슈왈츠 대통령은 발표와 함께 강력한 무력을 한국과 중국에 내보일 계획이었다.

세계 제2의 패권국가인 중국이나 한창 성장하고 있는 한국은 예전처럼 말로만 해선 듣지 않을 것이기에, 하와이에 있는 태평양 함대를 북상시켜 오키나와 인근으로 배치할 생각이었다

한데 조금 전 일본 총리의 전쟁선포로 말미암아 존 슈왈츠 대통령의 계획은 수포로 돌아가고 말았다.

만약 미국이 슈왈츠 대통령의 계획대로 태평양 함대를 오키나와로 파견한다면, 이는 미국이 일본의 편을 들어준다는 의미를 넘어 한국을 상대로 전쟁을 벌이겠다는 의사 표현으로 보일 수도 있었다.

그렇게 된다면 정말로 최악의 상황을 맞이할 수도 있었다.

정말로 한국이 미국까지 전쟁에 참전하여 공격한다고 생각하게 된다면, 보유하고 있는 핵무기를 사용하리라는 것은 불을 보듯 빤한 일이었다.

어차피 죽을 것, 다 같이 죽자며 핵무기를 사용할지도 몰랐다.

물론 한국이 보유한 핵무기의 양을 살펴보면 자신들과 중국, 일본, 3국을 모두 감당할 수는 없을 것이지만, 그건 중요하지 않았다.

막말로 미국과 중국에만 사용해도 다 같이 망하는 것이다.

공격을 받은 자신들이나 중국이 절대로 그냥 넘기지 않을 것이기에 한반도는 미국과 중국이 발사한 ICBM(대륙간탄도탄)에 의해 땅 자체가 지워질 것이다.

그리고 그 여파로 일본은 물론이고, 지구의 북반구 전체가 방사능과 낙진으로 불모의 땅이 될 것이 분명했다.

이는 펜타곤의 슈퍼컴퓨터가 워게임을 통해 알려온 결과였다.

그런 지구 최후의 날을 막기 위해 각 부서 간 의견을 조율하고 발표할 시기를 기다리고 있었는데, 일본이 그런 자신의 노력을 수포로 만들어 버린 것이었다.

"프레지던트! 기왕 일이 이렇게 된 것, 기자회견을 통해 이번 동북아시아의 전쟁에서 핵무기 사용을 금지한다고 표명하는 것이 어떻겠습니까?"

"그런다고 저들이 우리의 말을 듣겠나?"

"그건 그렇지만, 이대로 있을 수만도 없지 않습니까? 그리고 미국만의 말이라면 듣지 않을 수도 있겠지만, 국제사회 전체가 핵무기 사용을 금지하고 만약 핵무기를 사용하는 국가가 있다면 모든 수단을 사용하여 그 나라를 지도에서 지워버리겠다고 위협을 한다면 듣지 않겠습니까?"

아서 헤밀턴 NSA 국장은 단호한 의지로 주장을 하였다.

어차피 지금은 물러설 곳이 없었다.

이미 지지율은 급속히 떨어지고 있는 상태이기에, 이대로 있다가는 정말로 워터게이트 사건으로 불명예 퇴임한 닉슨처럼 미국 역사상 두 번째로 불명예 퇴진을 하는 대통령이 될 수도 있었다.

이미 레임덕 현상이 벌어지고 있으며, 그와 비슷한 움직임이 미 전역 곳곳에서 벌어지고 있었다.

그러니 존 슈왈츠 행정부는 도박에 가까운 수라도 진행을 해야만 했다.

"알았어. 그럼 기자회견을 준비하도록."

존 슈왈츠 대통령도 현재 자신이 처한 상황을 누구보다 잘 알고 있었다.

위기감을 느낀 존 슈왈츠 대통령은 아서 헤밀턴 NSA 국장의 말처럼 강압적인 방법을 통해서라도 동북아시아에서 벌어지는 전쟁의 불똥이 미국으로 튀지 않게 하기 위해 특단의 조치를 취하기로 하였다.

그 결과가 어떻게 나올지는 준비를 하는 존 슈왈츠나 그를 보좌하는 이들, 어느 누구도 예상하지 못했다.

◆　　◆　　◆

결혼식이 끝나고 많은 사람들의 축복을 받으며 수한과 루나는 신혼여행을 떠났다.

비록 나라는 전쟁을 치르고 있었지만, 그런 것과는 별개로 일생일대에 단 한 번뿐인 큰 행사를 끝내고 그 마무리인 신혼여행을 가지 않을 수는 없었다.

물론 결혼을 하지 않았다면 수한은 절대로 전쟁 중인 조국을 뒤로하고 떠나지 않았을 것이다.

아니, 원래는 신혼여행을 가지 않으려고 했다.

조국이 전쟁 중인데 자신들만 행복하게 신혼여행을 가는 것은 말도 되지 않는다며 루나와도 합의를 보았다.

전쟁이 끝나고 조용해지면 그때 다시 둘만의 여행을 가기로 한 것이다.

하지만 주변 어른들의 조언에 따라 그냥 신혼여행을 떠나기로 마음먹었다.

여자에게 있어 일생일대의 단 한 번, 최고의 순간을 망칠 수는 없다는 것이었다.

더욱이 수한이 전장에 나가는 군인도 아니고 민간인에 불과한데, 군이 전쟁 때문에 신혼여행을 가지 않을 이유가 없다는 것이 어른들의 말씀이셨다.

어른들의 말씀을 듣고 보니 나름 이해가 갔다.

자신이 그동안 준비한 것을 잘 활용하기만 해도 중국군을 막아내는 것쯤은 별문제가 없었다.

막말로 미국과 전쟁을 벌인다 하여도 막아내는 것만이라면 충분히 해낼 수 있을 만큼 준비를 해두었다.

수한은 어른들의 말씀도 있고, 자신의 준비도 부족하지 않다고 판단해 신혼여행을 가기로 결정을 하였다.

그런 자신의 생각을 말하자 너무도 기뻐하는 루나의 얼굴을 볼 수 있었다.

말은 하지 않았지만, 그녀도 내심 많이 실망을 했던 것 같았다.

자신의 결정에 수긍을 하며 따라줬던 그녀가 다시 신혼여행을 가기로 했다는 말에 그렇게 기뻐할 줄은 수한도 미처 예상하지 못했다.

만약 신혼여행을 뒤로 미뤘다면 그녀가 얼마나 실망을 했을지 그제야 깨달을 수 있었다.

그리고 루나가 얼마나 자신을 사랑하고 신뢰하는지 깨닫게 된 수한은 그녀가 더욱 사랑스러웠다.

이미 조국을 위해 자신은 할 수 있는 많은 것들을 제공했다.

타국의 침범에 위협 받지 않도록, 또 의붓 할아버지인 혜원의 소망이라 국가에 보탬이 되기 위해 앞만 보고 달려왔다.

하지만 이제는 자신의 품에 들어온 루나를 위해 더 많은 시간을 할애해야겠다는 결심이 섰다.

신혼 여행지는 남태평양에 있는 피지로 정하였다.

한국은 늦가을로 접어들고 있지만, 남태평양은 봄에서 초여름으로 접어드는 시기라서 여행을 하기에는 무척이나 좋았다.

더욱이 피지는 빗물을 받아서 그대로 먹을 정도로 자연환경이 깨끗한 지역이기도 해서 볼거리가 많았다.

오랫동안 앞만 보고 달려온 자신이나, 또 연예인으로서 바쁜 스케줄을 소화해 온 루나가 마음 편히 쉴 수 있는 장소를 찾다가 남태평양의 천국인 피지를 선택한 것이었다.

현재 피지로 가기 위해 두 사람이 탄 비행기는 천하항공에서 민수용으로 제작된 소형 제트기로, 최대 탑승 인원은 48명이고, 현재 이 비행기는 정원이 꽉 찬 상태였다.

신혼여행을 가기 위해 할아버지가 내준 천하 그룹의 업무용 비행기를 이용하는 것인데도 탑승객이 다 찬 이유는 수한의 신혼여행에 다른 사람들이 끼어들었기 때문이다.

비행기 안쪽에서 새 신부인 루나와 함께 떠들고 있는 파이브 돌스 멤버들과 그 가족들, 그리고 이들을 경호할 라이프 메디텍 보안대와 파이브 돌스의 경호인 천하가드의 경호원들까지 해서 48명의 인원이 모두 탑승한 것이다.

그런 이유로 이렇게 많은 인원들이 수한과 루나의 신혼여행지인 피지로 동행을 했다.

서로 웃고 떠드는 그때, 곁으로 다가온 김갑돌이 수한에게 귓속말을 하였다.

"박사님, 뉴스를 보셔야겠습니다."

생명의 은인이라 여겨 수한의 일이라면 물불을 가리지 않는 김갑돌은 어떻게든 그를 수행하기 위해 말투도 고칠 정도로 열과 성을 다했다.

"무슨 일 있나요?"

"예. 일본이 대한민국을 상대로 선전포고를 했습니다."

"뭐요?"

수한은 이 좋은 날의 기분을 망치는 흉한 소식에 머리가 아파왔다.

호사다마(好事多魔)라고, 자신에게는 더할 나위 없이 기쁜 날에 일본이 전쟁 선언을 한 것이다.

물론 수한에게만 즐거운 날이지, 대한민국이 기쁜 날은
아니었지만……

어찌 되었든 중국과의 교전에서 승리하고 교착상태로 접
어드는 듯해 곧 일상으로 돌아갈 것이라는 예상이 지배적이
었다.

하지만 그러한 사람들의 예상을 비웃기라도 하듯 일본이
선전포고를 표명하자 많은 사람들은 큰 충격에 빠졌다.

그리고 지금 신혼여행을 떠나는 비행기 안의 승객들 모두
그와 다를 바 없는 기분이었다.

[방금 전, 오후 8시에 일본의 아키야마 구로다 총리가 총리
관저 앞에서 성명을 발표하였습니다. 구로다 총리는 일본의 영토
인 독도를 대한민국이 불법 점유하고 있다며, 이를 되찾기 위해
전쟁을 불사하겠다고 선전포고를 하였습니다. 이미 4년 전, UN
산하 국제 중재 위원회에서 독도는 대한민국의 고유 영토라고 판
결을 내린 바 있습니다. 100여 년 전, 일본 국토부가 편찬한
지도에 엄연히 조선(대한제국)의 땅이라고 명시된 내용이 드러나
면서 그 문제는 일단락되었는데, 그야말로 어처구니가 없는 주장
이 아닐 수 없습니다. 과연 억지를 부리면서까지 선전포고를 하

는 일본의 저의가 무엇인지 궁금합니다. 꺄악!]

일본 현지에서 뉴스를 전하던 여기자는 갑자기 비명을 질렀다.

그리고 그 이유는 방송 카메라를 통해 고스란히 전달되었다.

일본인 일부가 그녀의 방송 진행에 불만을 품고 물건을 집어 던졌기 때문이다.

다행히 물건에 맞아 다치지는 않았지만, 충분히 위험한 상황이기는 하였다.

아무리 불만이 있다 해도 방송 진행 중 폭력을 행사하는 일본인의 모습에 수한은 분노를 터트렸다.

아무리 선전포고가 이뤄졌다지만 민간인에 대한 공격이 정당화될 수는 없는 일이었다.

그런데 더욱 수한을 화나게 하는 것은 따로 있었다.

주변에서 지켜보던 일본 경찰들이 폭력이 벌어지는 장내를 통제하지 않는다는 것이었다.

다른 외국인이나 취재진들에 대해서는 피해가 가지 않게 보호를 하면서도, 유독 한국 국적의 취재진이나 사람들에 대해선 방치하거나 보호를 하는 시늉만 취했다.

그러한 모습에 수한은 너무도 화가 나 참을 수가 없었다.

자신이 지금 태평양 상공에 있지만 않았어도 무언가 도움을 줄 수 있었을 텐데.

수한은 뉴스 속보를 지켜보며 잠시 고민하다가 무언가 마음의 결정을 내린 듯 자리에서 일어났다.

그러고는 비행기 조종석이 있는 곳으로 들어갔다.

웬만해선 조종사를 방해하지 않기 위해 나서지 않으려 하였지만, 외부로 지시할 일이 있어 찾지 않을 수가 없었다.

조종석에 외부로의 통화가 가능한 무전기가 있기 때문이다.

"수고하십니다. 잠시 무전기를 써도 되겠습니까?"

비록 오너의 손자이기는 하지만, 수한은 예의를 갖춰 조종사에게 양해를 구했다.

그런 수한의 요청에 조종사 중 한 명이 얼른 자리를 비켜주었다.

"이리로 앉으십시오."

수한이 자신에 비해 나이가 적다고는 하지만, 고용주의 손자인 동시에 그 본인이 대단한 회사의 주인이기도 했다.

천재 과학자로 유명한 것은 별도로 치더라도.

그렇기에 부조종사는 크게 개의치 않고 수한에게 자신의

자리를 양보해 주었다.

"감사합니다."

수한은 감사 인사를 한 후에 무전기를 켜고 지킴이 PMC 사장실로 연결을 하였다.

위성을 통해 지킴이 PMC 본사로 통신을 연결한 수한은 문익병 사장과 대화를 나눴다.

그러고는 신혼여행을 떠나오기 전에 준비해 둔 것을 실행하라는 지시를 내렸다.

사실 수한은 중국과 일본이 오래전부터 손을 잡고 한반도 침략을 도모하려 한다는 첩보를 듣고 그에 대한 만반의 준비를 해왔다.

물론 대한민국 국군도 중국과 일본을 막을 수 있는 충분한 역량이 있었다.

그렇지만 두 나라의 공격을 아무런 피해 없이 막아낼 수는 없는 노릇.

아무리 준비를 철저히 해도 중국과 일본의 군사력은 결코 만만한 것이 아니기 때문이었다.

그렇기에 수한은 대한민국 국군과는 별도로 지킴이 PMC의 일부를 준비시켜 두었다.

만약 일본이 한국과 중국의 전쟁에 끼어든다면, 군이 나서기 전에 지킴이 PMC를 일본에 침투시켜 시간을 번다는 계획이었다.

지킴이 PMC의 능력은 몇몇 특수부대를 제외하면 최고 수준의 기량을 갖추고 있었다.

그 몇몇 특수부대라는 곳 역시 그저 명칭만 특수부대인 곳과는 비교를 할 수 없을 정도였다.

바로 대한민국에서 세계적인 위상을 떨치는 특수부대와 지킴이 PMC의 모태라 할 수 있는 라이프 메디텍 보안대를 지칭하는 것이었다.

라이프 메디텍 보안대야 지킴이 PMC의 모태가 된 곳이니 두말할 필요가 없고, 다른 한 곳은 대한민국 대통령 직속 특수부대인 SA였다.

SA는 이제는 정원을 80명까지 늘려 특수부대로서 체계를 완벽하게 갖추고 있었다.

전투원 40명과 지원 40명, 그렇게 80명의 정원을 채운 SA는 전 세계에서 라이프 메디텍 보안대를 제외하면 가장 우수한 부대였다.

지킴이 PMC라 해도 같은 숫자로 대결을 벌이면 쉽게 상대할 수 없을 정도의 정예들만 모여 있는 것이다.

다만, 지킴이 PMC는 개인의 능력도 탁월하지만, 일단 숫자에서 여느 특수부대보다 훨씬 많았다.

그러니 전체 병력을 동원한 SA와 지킴이 PMC가 모의 전투를 벌인다면 당연히 지킴이 PMC가 우세할 것이다.

그것은 라이프 메디텍 보안대라고 해도 사정은 마찬가지여서 무조건 지킴이 PMC를 이긴다는 보장은 없었다.

다만, 라이프 메디텍 보안대는 수한이 개발한 것들 중 최고의 제품으로 무장을 하고 있기에 만약 넓은 지역에서 제한 없이 게릴라전을 치른다면 아무리 특수전에 뛰어난 지킴이 PMC라도 라이프 메디텍 보안대를 잡을 수는 없었다.

즉, 소수 최정예와 다수 차상위의 전투가 되는 것이다.

전투 범위를 좁히고 제약을 가하면 지킴이 PMC가 유리하고, 그렇지 않고 제약을 없애면 라이프 메디텍 보안대가 무조건 유리했다.

아무튼 지킴이 PMC 직원 1만 명이 아무도 생각지 못한 곳에서 지금까지 대기하고 있었다.

이미 그들은 중동에서 최악의 적을 상대로 실전을 치르며 임무를 완벽하게 해냈다.

대한민국 정부의 의뢰로 중동에 파견되어 개성시 테러의 원흉인 IS 지도부를 섬멸하기 위한 임무에 투입되었던 것이다.

그리고 IS의 병력을 차근차근 줄여가며 눈에 띄는 IS 지도부를 모두 사살하였다.

충격과 공포, 그리고 토끼몰이를 통한 작전으로 IS는 철저하게 무너져 내렸다.

이제 중동에 남은 IS의 세력은 지킴이 PMC가 나서지 않아도 더 이상 세력을 뻗치지 못할 정도로 몰락했다.

이미 상당수의 간부들이 사살되고 조직원들이 죽거나 동맹국에 포로로 잡혀갔기에 그들이 명맥을 잇기는 힘들었다.

그런 이유로 지금 지킴이 PMC는 잠시 작전을 중단하고 정비를 마친 후, 대기를 하고 있었다.

한국이 중국과 전쟁을 벌이고 있는 지금, 조국을 위해 언제 전장에 투입될지 모르기에 심신을 고르는 중이었다.

수한은 그런 지킴이 PMC를 지금 일본에 투입시키도록 문익병 사장에게 지시하였다.

TV로 본 일본의 행태는 더 이상 용서를 할 수 있는 범주를 넘어섰다.

자신이 아기일 때 가족들과 떨어져 오랜 기간 이산가족으로 살 수밖에 없던 원인이 바로 일본이란 것을 잘 알고 있는 수한이었다.

수한에게 일본이란 나라는 전생에 자신이 말년을 의탁하

던 로메로 왕국을 침략한 샤만 제국보다, 그리고 자신의 영달을 위해 왕국을 배신한 근위기사들보다 더 증오하는 존재였다.

아니, 가족이라는 의미를 깨닫게 해준 현생의 가족들과 강제로 떨어지게 만들어 고통을 준 원인이 일본 막후의 지배자라는 진상을 알게 된 뒤로 일본은 수한에게 원수나 다름이 없었다.

문익병 사장에게 지킴이 PMC의 투입을 지시한 수한의 눈빛은 그 어느 때보다 차갑게 빛났다.

미국 백악관.

찰칵! 찰칵!

단상이 놓인 앞마당에는 많은 기자들이 몰려들어 카메라 셔터를 누르고 마이크를 들이밀며 취재에 한창이었다.

하지만 오늘은 어쩐 일인지 그런 소란을 통제하는 이가 하나도 없었다.

여느 때와 다른 백악관의 분위기를 느낀 기자들은 상황이 심상치 않다는 판단에 알아서 곧 조용해졌다.

장내가 어느 정도 진정되는 것 같아 보이자 백악관 대변인이 나서서 존 슈왈츠 대통령의 담화문 발표를 알렸다.

"곧 존 슈왈츠 대통령님께서 나오십니다. 장내에 계신 기자분들은 모두 자리에서 일어나 대통령님을 맞아주시기 바랍니다."

대변인이 자리를 비키자 조금 뒤, 백악관 안에서 존 슈왈츠 대통령이 단상 앞으로 나왔다.

언제나 자신감 넘치는 미소로 여유와 위엄을 풍기던 존 슈왈츠 대통령이지만, 오늘은 그와 달랐다.

무척이나 수척하고 긴장한 표정이 역력한 것이다.

뭔가 심적 고충이 심했다는 것을 바로 알아차릴 수 있을 정도로 안색이 좋지 못했다.

사실 일부러 그렇게 보이기 위해 조금 더 꾸미기는 했지만, 슈왈츠 대통령은 요 며칠 닥친 문제로 고심을 하느라 실제로 많이 야위어 있었다.

"안녕하십니까?"

존 슈왈츠 대통령은 애써 침착한 듯 표정을 유지하며 평소처럼 기자들을 보며 간단하게 인사를 건넸다.

"예. 안녕하셨습니까, 미스터 프레지던트."

평소처럼 인사를 건네는 슈왈츠 대통령의 모습에 기자들

도 한결 마음을 놓고 편하게 말을 꺼냈다.

하지만 그것도 잠시. 슈왈츠 대통령은 다시 심각한 표정을 지으며 담화문을 읽어 내려갔다.

"언제나 좋은 일만 있었으면 참으로 좋겠지만, 오늘은 아주 심각한 문제로 이 자리에 서게 되었습니다."

슈왈츠 대통령은 잠시 말을 멈추고 주변을 살폈다.

무언가 마음의 고뇌가 느껴지는 존 슈왈츠 대통령의 모습에 기자들도 덩달아 긴장을 하기 시작했다.

꿀꺽!

너무도 긴장이 되었는지 누군가의 마른침 넘기는 소리가 들려왔다.

하지만 어느 누구도 그에 대해 신경을 쓰지 않았다.

기자들은 오로지 담화문을 발표하는 대통령에게만 시선을 집중하였다.

"현재 인류는 심각한 위기에 처해 있습니다. 그 위기라는 것은……."

존 슈왈츠 대통령은 심각한 표정으로 인류의 위기를 언급하며 조목조목 설명해 나갔다.

"현재 전 세계 곳곳에서는 여러 가지 문제로 갈등이 발생하고, 이해관계의 해당 단체나 국가들이 전쟁을 벌이고 있습니다. 그리고 그중에는 인류를 파멸로 몰고 갈 수 있는 능력을 가진 국가가 포함되어 있기도 합니다."

인류 파멸에 대해 강하게 어필하는 존 슈왈츠 대통령의 말에 기자들은 바짝 긴장했다.

사실 대통령이 말하는 나라가 어디인지 떠올리는 것은 그리 어려운 일이 아니었다.

몇몇 나라가 머릿속에 떠오르며 기자들은 존 슈왈츠 대통령의 이어질 이야기에 주목했다.

과연 기자들의 예상대로 존 슈왈츠 대통령은 거침없이 말을 이어 나갔다.

"현재 동북아시아의 중국과 한국이 전쟁을 벌이고 있습니다. 그리고 얼마 전, 일본 정부 또한 참전의 의사를 밝혔습니다. 그야말로 비극이 아닐 수 없습니다. 서로 상생을 해야 할 나라들끼리 그런다는 것이……. 하지만 문제는 거기서 끝이 아닙니다. 중국과 한국, 두 나라는 핵무기 보유국입니다. 여러분도 잘 알고 계시겠지만, 핵무기라는 것은 결코 사용되어선 안 될 인류 최악의 발명품입니다. 물론 인류 발전에 없어서는 안 될 에너지를 만들어내는, 훌륭한 자원임은 부정할 수 없습니다만, 그것이 악용되면 인류에게 어떤 일이 닥치게 될지 모르는 사람은 없을 것입니다."

존 슈왈츠 대통령은 연신 마른 입술을 적시며 자신이 얼마나 긴장을 하고 있는지를 무의식중에 드러냈다.

물론 그 스스로는 그런 사실을 전혀 알지 못하고 있었지만.

잠시 마음을 다잡은 존 슈왈츠 대통령은 다시 말을 이어 나갔다.

"중국은 두말할 것 없고, 한국 역시 2025년 통일 과정에서 북한이 보유했던 핵무기들을 갖게 되었습니다. 일단 한국 정부가 개발한 것이 아니란 점 때문에 국제사회에서 더 이상 핵무기를 개발하지 않는다는 조건으로 보유하는 것에 대해서는 인정을 하였습니다."

발표를 이어 나가면서도 존 슈왈츠 대통령은 긴장을 풀기 위해 잠시 말을 멈춘다거나 이마에 흐르는 땀을 닦는 등 여러 가지 모습을 보였다.

"잠시 이것을 봐주시기 바랍니다. 펜타곤에서는 핵무기를 보유한 한국과 중국이 전쟁을 벌이면 어떤 결과가 도출될 것인지에 대해 시뮬레이션을 돌려 실험을 하였습니다."

존 슈왈츠 대통령은 옆에 설치되어 있던 빔 프로젝트로 기자들의 이목을 집중시켰다.

잠시 후, 빔 프로젝트를 통해 드러나는 내용에 기자들은 경악을 금치 못했다.

한국과 중국, 두 나라가 전쟁을 벌인 결과가 너무도 충격적이기 때문이었다.

기자들이 충격에 휩싸이는 모습을 지켜본 존 슈왈츠 대통령은 이제 때가 되었다는 생각이 들었다.

'지금이다.'

결정적인 때를 기다리던 존 슈왈츠 대통령은 기자들이 경악하고 있을 때, NSC(국가안보회의)에서 결론 내린 사항을 공개했다.

"여러분 모두 지금 보셨겠지만, 만일 핵무기가 사용된다면 인류의 삶의 터전은 적도 밑 남반구로 한정되어 좁아질 것입니다. 그에 저는 중국과 한국, 두 나라 정상에게 고합니다. 이해가 맞지 않아 전쟁을 벌이고 있지만, 절대로 인류를 파멸로 이끌 핵무기만은 사용하지 말아주길 간절히 요구합니다. 만약 제 말을 듣지 않고 경거망동하는 나라가 있다면 우리 미국은 결코 좌시하지 않을 것입니다. 핵무기를 사용할 기미만 포착돼도 미국은 어떤 수단과 방법을 동원해서라도 그 나라를 그냥 두지 않을 것입니다."

콰쾅!

소리는 나지 않았지만 기자들의 귓가에는 그런 효과음이

들리는 듯했다.

그만큼 존 슈왈츠 대통령의 카리스마 넘치는 강력한 주장
이 기자들의 뇌리를 강타했기 때문이다.

2.
대통령과의 독대

미국 워싱턴 D.C..

백악관 앞에서 존 슈왈츠 대통령의 특별 담화가 있고 난 뒤, 세계는 발칵 뒤집어졌다.

동북아시아에서 중국과 대한민국이 전쟁을 벌이고, 또 일본이 선전포고를 하는, 일련의 과정을 그저 남의 나라 일로만 생각하던 사람들은 미국 펜타곤의 워게임 결과를 접한 뒤에 인식이 달라졌다.

그저 한국과 중국, 양국 간의 전쟁일 뿐이라 여겼는데, 두 나라 모두 핵무기 보유국이라는 사실이 현실적인 위협으로 다가온 탓이었다.

그런데 설상가상으로 그런 두 나라의 전쟁에 일본이라는 경제대국마저 끼어들었다.

전쟁이란 패배한 뒤에는 아무것도 남지 않는, 그야말로 국가의 명맥이 달린 중대사이기에 확률적으로 승산이 높은 쪽에 붙는 것이 당연하다.

하지만 그렇다 해도 어느 정도 교류가 있고, 공감대가 형성된 나라끼리 동맹을 맺거나 지원을 하는 것이 일반적인 상식이라 할 수 있었다.

그런데 일본은 엉뚱하게도 동맹이었던 한국에 대하여 선전포고를 하였다.

뿐만 아니라 얼마 전까지만 해도 영토를 두고 서로 전쟁 직전까지 치달았던 중국과 손을 잡은 것이다.

그야말로 이해가 가지 않는 일본의 태도에 유럽이나 그다지 교류가 없던 나라들은 어리둥절해했다.

하지만 일본에 의해 피해를 입은 전력이 있는 나라들은 드디어 일본이 본색을 드러냈다는 평가를 내렸다.

일본이 평화헌법을 뜯어고치면서 이미 이런 일이 벌어질 줄 예견했다는 논평이었다.

한편, 존 슈왈츠 미국 대통령의 핵무기 사용 금지에 관한 선언은 많은 사람들이 긍정적인 평가를 내렸다.

워게임을 통해 인류 전체의 생존이 위협 받는다는 결과를 두고 사람들은 다른 생각을 할 수 없었다.

일단 나의 생존에 위협이 된다는 판단에 많은 사람들이 존 슈왈츠 대통령의 선언을 지지하였다.

세계의 각국 지도자들은 실제로 동북아시아에서 벌어지고 있는 전쟁이 그런 결과를 낼 것인지 실험을 해보았고, 그들 또한 미국과 같은 결과를 얻어냈다.

그 뒤의 대응은 어찌 보면 당연한 일이었다.

중국과 한국이 핵무기를 사용하려 한다면 제재를 가하겠다는 존 슈왈츠 대통령의 선언에 지지를 보내며, 중국과 한국 정부에 대해 강력하게 경고를 던진 것이다.

그런 세계 각국의 성명에 한국 정부는 순순히 받아들일 수가 없었다.

아무리 컴퓨터 시뮬레이션의 결과가 그렇게 나왔다고 해도 지금 그런 성명을 낸다는 것은 한국 정부에게 죽으라는 소리나 마찬가지였다.

전쟁이란 것은 결국 생산력의 싸움.

아무리 대한민국이 통일 과정을 거치며 인구가 늘고 생산성이 높아졌다고 해도 중국이나 일본의 생산력을 따라갈 정도는 아니었다.

경제 규모나 인구 등 모든 종합적인 능력을 따져 보면, 한국은 절대로 중국이나 일본을 이길 수가 없었다.

그렇다면 한국이 자주독립국으로서 안전을 보장 받기 위해선 어떤 수단을 사용해야 할 것인가.

그것은 다름 아닌 핵무기 보유국이란 사실을 전략적으로 이용하는 것이었다.

그런데 미국의 존 슈왈츠 대통령은 그런 카드를 원천적으로 막아버리는 성명을 낸 것이었다.

한국 입장에서 핵무기 카드를 사용하려면 전 세계를 상대로 전쟁을 치를 각오를 하고 검토해야만 했다.

그러니 한국의 입장에서 볼 때, 존 슈왈츠 대통령의 성명은 결국 동맹인 한국을 버린 것이나 마찬가지였다.

중국이 선전포고를 했을 때하고는 그 영향력이 완전히 다른 이야기였다.

이후 한반도 내에서는 일명 사회 지도층이라 불리던 작자들이 대거 이탈하는 현상이 발생하였다.

뿐만 아니라 어느 정도 살 만한 능력이 있다고 자신하는 이들도 한국은 가망이 없다고 판단을 내렸는지 공항이나 항구로 몰려 외국으로 빠져나가기 위해 혈안이 되었다.

물론 그렇지 않은 이들도 많았다.

대표적인 이들이 바로 군인 가족이었다.

그들은 군대에 있는 가족을 걱정하며 이번 전쟁이 조속히 끝나 무사히 자신들의 품으로 돌아오길 기원하였다.

◆　　　◆　　　◆

"이게 미국이 동맹인 우리에게 할 수 있는 최선입니까?"

윤재인 대통령은 존 슈왈츠 대통령의 특별 담화가 있은 직후, 주한 미국 대사를 불러 거세게 항의하였다.

그럼에도 로버트 대사는 그저 침묵으로 일관했다.

이미 그는 더 이상 한국이란 나라는 존속할 수 없다고 판단을 했기 때문에 굳이 신경을 쓸 필요가 없다는 태도였다.

거만하고 무례한 로버트 대사의 모습에 윤재인 대통령은 물론이고, 함께 자리하고 있는 고준 총리까지 끓어오르는 분노를 참을 길이 없었다.

하지만 그를 윽박질러 봐야 상황이 나아질 리는 없다고 생각해 억지로 화를 눌러 참았다.

"그게 미국의 생각이라면 좋습니다. 어차피 이렇게 된 것, 우리도 최후의 수단을 쓰는 수밖에 없겠군요."

이미 전 세계가 대한민국을 버렸다고 판단한 윤재인 대통령은 절대 이대로 물러날 생각이 없었다.

막말로 모두 다 죽는 것도 나쁘지 않다고 생각했다.

정말이지 최악의 순간이 온다면 보유하고 있는 핵무기를 모두 사용하는 것도 불사하겠다는 태도였다.

그런 윤재인 대통령의 태도에 뭔가 심상치 않은 느낌을 받은 로버트 대사가 그제야 반응을 보였다.

"지금 그게 무슨 소립니까? 설마 핵무기를 사용하시겠다는 말씀입니까?"

"어차피 망하는데 사용 못할 것도 없지요."

윤재인 대통령은 로버트 대사가 반응을 보이자 차갑게 응수를 하였다.

"어차피 이대로 있다가는 중국이든 일본이든 우리 대한민국에 침범해 무슨 짓을 저지를지 모르는데, 이판사판 아니겠습니까? 우리만 죽으면 억울하니, 다 함께 가는 것도 나쁘지 않겠습니다."

언제나 여유롭고 부드러운 말로 설득을 하던 윤재인 대통령의 모습은 보이지 않았다.

마치 딴사람이 된 것처럼 차갑게 대답하는 모습.

확실히 윤재인 대통령은 한 시간 전, 핵폭탄과도 같은 존 슈왈츠 대통령의 선언에 큰 충격을 받았다.

처음 중국이 선전포고를 했을 때 미국이 보여준 미온적인 태도에도 그럴 수 있겠다는 생각에 나름 이해를 했다.

다수의 핵무기를 보유한 중국을 상대로 미국이 강력한 메시지를 전달하다가는 제3차 세계대전이 일어날 수도 있다는 우려 탓에 그러려니 넘어간 것이다.

오랜 동맹으로서 그동안 미국은 한국으로부터 우선적인 혜택을 받아왔으면서도 정작 필요할 때 슬쩍 발을 빼는 모습에 섭섭하지 않았다면 거짓말일 것이다.

하지만 자국의 힘으로 막을 수 있다는 자신감이 있었기에 윤재인 대통령은 개의치 않았다.

그런데 지금은 아니었다. 옛말에 때리는 시어머니보다 말리는 시누이가 더 밉다는 말이 있다.

현재 전쟁 중인 중국이나 동맹이면서 자국의 이득을 꾀하기 위해 선전포고를 한 일본보다 한국이 가진 가장 강력한 수단을 막아선 미국이 가장 미웠다.

존 슈왈츠 대통령의 기자회견 후, 여론은 급속도로 전환되었다.

반미 감정이 치솟으며, 현재 전쟁을 벌이고 있는 중국이나 태생적으로 갈등을 품고 있던 일본보다 더 감정이 좋지 못했다.

"…만약 한국이 보유한 핵무기를 사용하려는 움직임을 보인다면, 저희는 인류 생존을 위협하는 한국을 좌시하지 않을 것입니다."

로버트 대사는 표정을 굳히며 원론적인 대사를 되풀이했다.

그야말로 씨알도 먹히지 않을 이야기를.

그때까지 가만히 있던 고준 총리는 더 이상 참을 수가 없다는 듯 소리치며 두 사람의 대화에 끼어들었다.

"만일 그따위 짓을 벌이려 한다면 우리도 참지 않을 것이오! 그때가 되면 대한민국이 보유한 핵폭탄을 가장 먼저 받아보는 국가는 중국도, 일본도 아닌, 바로 미국이 될 것이오!"

"뭐, 뭐요? 지금 뭐라고 했습니까? 감히 우리 미국을 핵무기로 공격하겠다고 했습니까?"

고준 총리의, 그야말로 눈에 보이는 게 없어 보이는 말에 로버트 대사는 큰 충격을 받았다.

얼마나 놀랐는지 순간 당황해 말을 더듬을 정도였다.

로버트 대사는 미국의 말이라면 껌벅 죽던 예전 한국의 정치인들의 이미지를 버리지 못한 것이다.

대충 적당히 협박성 발언을 섞어 경고를 하면 순순히 따

를 것이라 예상했는데, 눈앞의 두 사람은 전혀 그럴 기미가
안 보였다.

전 세계가 주시하며 경고를 무시하면 그냥 두지 않겠다고
선언을 했는데, 겁은 먹지 않고 오히려 막무가내로 자신들
의 의견을 고수하는 것이다.

너무도 강경한 두 사람의 모습에 로버트 대사는 어떻게
반응해야 할지 갈피를 잡을 수가 없었다.

솔직히 로버트 대사도 이번 존 슈왈츠 대통령의 특별 담
화는 자충수라 판단했다.

위기에 처해 있는 한국을 너무 막다른 곳으로 몰아간다는
느낌을 지울 수가 없던 것이다.

하지만 어찌 되었든 본국의 정책이 그렇게 결론 났으니
자신도 어쩔 수 없었다.

대통령의 결정을 막을 힘이 그에게는 없기 때문이다.

한창 얼이 나가 있는 로버트 대사의 귀로 고준 총리의 말
소리가 들려왔다.

"우리나라의 옛말 중에 쥐도 도망갈 길을 두고 몰라는 말
이 있습니다. 그게 무슨 말인가 하면……."

고준 총리의 이야기가 길어질수록 로버트 대사의 표정은
심각하게 굳어갔다.

그 말이 백번 맞는 이야기란 것을 모를 리 없었다.

하지만 현재로선 자신이 어떻게 할 단계는 넘어섰다는 게 문제였다.

대통령은 물론이고, 미국 행정부 전체가 이미 인류 최대의 위협이라고 규정지으며 핵무기 사용을 불허한다고 선언을 했으니, 국가의 녹을 먹고 있는 그로서는 더 이상 할 말이 없었다.

핵전쟁으로 인한 미국의 피해를 막아보겠다는 생각으로 동맹의 위기를 외면하였는데, 그것이 오히려 핵전쟁을 부추기는 단초가 될 줄은 꿈에도 생각지 못하였다.

한국 내부가 존 슈왈츠 대통령의 선언으로 인해 혼란이 가중되고 있을 때, 환호를 보내는 이들이 있었다.

그들은 다름 아닌, 중국과 일본의 지도부였다.

특히 일본의 경우에는 존 슈왈츠 대통령의 담화가 끝나기 무섭게 전쟁에서 이기라도 한 것처럼 환호성을 내질렀다.

사실 그들도 너무 급박하게 돌아가는 전개에 당황하는 중이었다.

중국이 전쟁의 원흉에 대해 까발리겠다는 협박에 넘어가 너무 일찍 선전포고를 한 것은 아닌가 하는 걱정 탓이었다.

물론 전쟁에서 패배할 거라는 생각은 전혀 하지 않았다.

그저 피해가 얼마나 될지 그것이 걱정일 뿐이었다.

하지만 일본은 지구상 유일하게 핵무기에 의해 직접적으로 피해를 입은 나라다.

그렇기 때문에 핵무기에 대한 공포는 여느 사람들이 막연하게 느끼는 것과는 차원이 달랐다.

2차 대전 당시, 히로시마와 나가사키에 원자폭탄이 투하되자마자 일본은 항복을 선언했다.

수십만 명이 죽고, 또 그보다 많은 사람들이 방사능에 의한 2차 피해로 얼마나 오랜 기간 고통을 받았던가.

물론 당시의 원폭 피해자들 중 지금까지 생존한 사람은 없지만, 어찌 되었든 당시의 참상에 대하여 고스란히 기억하고 있는 일본으로서는 핵무기에 대해 체질적인 공포감을 갖고 있었다.

그런 이유로 한국이 3년 전 핵무기를 보유하게 되는 것에 대하여서도 크게 반대를 했다. 만약 한국이 핵무기 보유국이 된다면 더 이상 한반도에 대한 욕심을 접어야 하기 때문이었다.

일본에게 있어 한반도는 꼭 손에 넣어야 할 곳이었다.

일본의 오랜 꿈인 대륙 진출로의 교두보.

또 심각한 자연재해로부터 안전한 땅.

그런 조건을 충족하기 위해 한반도만큼 좋은 입지를 가진 곳도 없었다.

역사적으로도 따져 봐도 한반도는 일본의 뿌리라 할 수 있었다.

그러니 겉으로는 왜곡을 하면서도 일본인들의 의식 저 깊은 곳에서는 자신들의 뿌리인 한반도로 돌아가야 한다는 인식이 뿌리 깊게 박혀 있었다.

그렇기에 국제 분쟁 위원회에서 판결이 났는데도 억지로 명분 삼으며 한국에 대하여 선전포고를 한 것이기도 했다.

그러던 차에 아무리 로비를 했다고는 하지만 존 슈왈츠 대통령의 선언은 중국과 일본에는 최고의 선물이나 다름없었다.

이제는 한국이 보유한 핵무기를 겁내지 않아도 되는 것이다.

"국방장관."

"하이!"

"미국이 이렇게까지 우릴 도와주는데, 이대로 있을 수는 없지 않겠나?"

"그렇긴 하지만, 아직 저희는 한국을 차지한 것이 아닙니다."

"그야 그렇지만, 이미 전쟁은 해보나마나 아닌가?"

"예. 그렇긴 하지만 중국도 그렇게 생각하고 있을 것입니다. 때문에 한국과의 전쟁은 이미 승리를 한 것이나 마찬가지지만, 이후의 일이 문제입니다. 저희는 아직 중국에 비해 전력에서 밀리고 있습니다."

구로다 총리는 도조 히데키 국방장관의 말에 고개를 끄덕일 수밖에 없었다.

한국의 가장 강력한 카드인 핵무기를 사용하지 못하는 지금, 중국과 자신들을 상대로 한국은 절대로 살아남을 수 없었다.

상황이 그런지라 결론적으로 말하면, 한반도를 두고 중국과 자신들의 싸움이나 마찬가지였다.

물론 약속대로 반반씩 나눠 가질 수도 있는 일이지만, 구로다는 지금에 와서 굳이 중국과 한반도를 두고 나눈다는 것이 마음에 들지 않았다.

뭐, 원래 계획에도 나눈다는 계획은 애초에 없었지만.

그저 중국을 한국과 전쟁을 벌이도록, 그리고 자신들이

한국을 공격하기 전에 힘을 빼놓는 총알받이로 이용하기 위해 미끼를 던진 것뿐이었다.

그런데 미끼 역할도 제대로 하지도 못한 주제에 자신들의 헌신적인 로비로 미국이 지금과 같은 성명을 발표하게 만들었는데, 감히 그 열매(한반도)를 나눈다는 것은 말도 되지 않는 일이었다.

더욱이 자신들은 묵인해 주는 대가로 한국이 가진 기술을 미국에 넘기기로 약속하였다.

그러니 중국과 한반도를 나눈다는 것은 더욱 말이 되지 않았다.

"모든 산업체를 전시체제로 돌려 물자를 확보하라고 하시오."

구로다 총리는 궁리를 하다 고노야마 아키라 관방장관을 돌아보며 지시를 내렸다.

일부 방위산업체에만 부여했던 24시간 생산 체제를 모든 산업체에 적용시키라는 것이 주 내용이었다.

한국과의 전쟁만이라면 굳이 그런 지시를 내릴 필요가 없지만, 이후 중국과의 대립을 염두에 둔다면 더욱 많은 군수물자가 필요하기에 그에 따른 조치였다.

기회가 왔을 때 잡아야 하는 법.

달리는 말에 채찍을 휘두르듯 모든 산업체를 전시체제로 전환시키는 것이었다.

물론 아직도 일본 전역에서 자신의 전쟁 선포에 대하여 반대하는 시위가 벌어지고는 있지만, 그런 것은 아예 무시하였다.

전쟁에 승리하여 한반도를 손에 넣게 된다면, 그런 일쯤은 모두 잊혀질 것에 불과했다.

아마 자연재해로부터 안전한 땅인 한반노를 자신의 대에 점령하게 된다면 시위를 하던 일본인들도 먼 훗날 칭송할 것이라 자신하였다.

더욱이 한반도 다음에는 저 넓은 대륙이다.

중국은 아직 일본을 막후에서 지배하는 신국회의 의도를 모르고 있지만, 사실 그들의 운명도 오래전과 같을 것이라 자신하였다.

"일단 마이즈루에 있는 3함대와 6함대에 비상을 거시오. 언제든지 출동할 수 있게 단단히 준비를 하라고 하시오."

"하이!"

"참, 구레와 사세보에 있는 2함대와 5함대도 준비를 시키시오. 그리고 오미나토에 있는 4함대는 혹시나 모를 러시아의 극동 함대를 감시하라고 하시오."

"예, 알겠습니다."

일본은 미국의 존 슈왈츠 대통령의 담화 이후 빠르게 전시체제로 전향하였다.

일전에 구로다 총리가 한국에 선전포고를 했을 때도 잠깐 전시체제로 전향을 하긴 했다.

하지만 뒤늦게 한국에 핵무기가 있다는 것을 깨닫고 주춤하였다.

그러나 이제 다시 미국이 성명을 발표하고 상황이 반전되었다.

핵무기를 사용하려는 기미만 보여도 전 인류의 생존을 위협하는 적이라 규정짓겠다는 미국의 선언에 다시 본격적으로 전쟁을 추진하기로 결정을 내린 것이다.

오랜 숙원인 안전한 땅, 그리고 오래전에 실패했던 대동아공영의 기틀을 마련할 기회라 생각해 총력을 기울이기로 하였다.

같은 시각, 중국도 긴급회의에 들어갔다.

존 슈왈츠 대통령의 성명이 자신들이 진행하고 있는 전쟁에 도움이 될 것인지, 아니면 어떤 돌발 변수로 작용할지 논의를 하기 위해서였다.

"마윈 사령관."

"예!"

"이번 미국의 성명에 대해 군은 어떻게 평가를 하고 있나?"

주진평은 존 슈왈츠 미국 대통령이 핵무기를 사용하지 못하도록 요구하는 성명을 발표한 것에 대하여 의견을 물었다.

그에 마윈 인민해방군 사령관은 긴장하며 대답했다.

"굳이 평가를 하자면, 미국의 성명은 저희 인민해방군에 좋지도, 그렇다고 나쁘지도 않습니다."

마윈 사령관의 말에 주진평은 고개를 갸웃거렸다.

"무슨 근거에서 나온 판단인가?"

"네. 저희 참모부에서 그런 판단을 내리게 된 원인은 바로 한국군이 사용하고 있는 플라즈마 실드 때문에 그렇습니다."

"플라즈마 실드?"

"그렇습니다. 한국군은 주요한 장비나 건물에 플라즈마 실드 발생 장치를 설치하여 보호를 하고 있습니다. 그 때문에 우리 인민해방군은 막대한 손실을 입으면서도 국경인 압록강을 넘지 못하고 있습니다."

"그런데?"

"플라즈마 실드로 방어되고 있는 전선을 뚫기 위해 각종 무기를 사용하였지만 소용이 없었습니다. 아직 시험해 보지 못한 것은 단 한 가지뿐입니다……."

"그것이 무엇인가?"

주진평 총서기는 마원 사령관이 잠시 말을 끊고 망설이자 참지 못하고 물었다.

결국 마원 사령관은 굳은 표정으로 답했다.

"그건 바로 핵입니다."

"핵?"

주진평은 인상을 구길 수밖에 없었다.

아직 핵무기만 사용하지 않았다는 말을 듣고 나서야 작금의 상황을 깨달을 수 있게 된 것이다.

현재 국경을 단단하게 틀어막고 있는 한국군을 뚫을 무기가 자신들에게 없다는 사실을.

그가 생각하기에도 아무리 대단한 플라즈마 실드라 해도 핵이라면 충분히 뚫어버릴 수 있을 거란 생각이 들었다.

솔직히 주진평은 얼마 전까지만 해도 핵무기를 이용해 한

국군을 쓸어버리고 싶다는 생각을 했던 것이다.

하지만 뒤늦게 미국의 워게임 결과를 알게 되었다.

중국과 한국의 멸망은 물론이고, 인류 생존에 심각한 문제를 야기 시킨다는 이유로 마음을 접었다.

사실 그랬기에 일본을 압박해 전쟁에 합류하도록 만든 것이었다.

일본이 참전하게 된다면 한국인들의 기질상 중국보다는 일본에 핵을 사용할 공산이 컸다.

즉, 중국은 한국이 가진 핵무기를 막을 방패로 일본을 내세우려는 계획으로 일본 정부를 압박한 것이었다.

그렇게 되면 중국은 핵 위협으로부터 자유로워질 것이고, 가진 전력을 모두 투사를 할 수 있었다.

아니, 굳이 전력을 투입할 필요도 없이 핵무기로 위협을 한다면 한국이 먼저 항복을 할 수도 있었다.

그렇게만 된다면 중국은 승전국이 되어 한국이 가지고 있는 많은 자원을 독식할 수 있었다.

굳이 핵공격을 받아 망한 일본을 챙겨줄 의리는 없는 것이다.

그런 계획으로 일본을 끌어들여 선전포고를 하게 만들었는데, 생각지도 못한 미국의 대응으로 인해 전쟁은 또 다른 국면으로 접어들게 되었다.

대다수의 사람들은 한국이 핵무기를 사용하지 못하면 전쟁에서 질 것이라 생각하고 있지만, 중국 인민해방군 참모부에서는 그렇게 판단하지 않았다.

한국에는 핵무기 못지않게 엄청난 무기가 다수 존재했다.

재래식 무기로는 도저히 어떻게 해볼 수 없는 방어 무기. 일명 플라즈마 실드가 바로 그것이었다.

이미 중국 인민해방군은 교전을 통해 한국의 플라즈마 실드의 강력한 방어력을 실감했다.

그렇기 때문에 더 이상 교전의 규모를 키우지 않고 국지전으로 줄였다.

굳이 소용도 없는 곳에 전쟁 물자를 소비할 이유가 없기 때문이었다.

다만, 함께 한국을 도모하기로 밀약을 맺은 일본을 끌어들이기 위해 전쟁을 계속하고 있다는 모습을 보여주어야 하기에 소규모 국지전을 계속하는 것뿐이었다.

중국 지도부는 미국이나 일본, 그리고 한국 정부와는 또 다르게 이번 존 슈왈츠 대통령의 성명에 대해 고민을 하며 이번 전쟁에 대하여 작전을 구상해 나갔다.

◆　　　◆　　　◆

　수한은 미국에서 날아든 급보를 접한 후에 일정을 바꿀
수밖에 없었다.

　루나에게 양해를 구하고 기수를 돌려 한국으로 돌아온 것
이다.

　비록 그가 군인은 아니더라도 차기 대통령의 아들이 조국
이 전 세계의 왕따가 될 처지에 놓였는데 신혼여행을 떠난
다는 것은 말이 되지 않았다.

　루나 또한 수한과 같은 생각을 했다.

　어찌 되었든 이제 로열 패밀리에 속하게 된 루나였다.

　그러니 그녀 또한 이전보다 행동이나 언변에 더욱 조심해
야 한다고 판단했다.

　그래야만 남편이나 시댁에 누를 끼치지 않기 때문이다.

　대부분의 상류층 인사들이 존 슈왈츠 대통령의 담화 이후
한국을 빠져나가려고 할 때, 수한과 루나, 그리고 그 가족
들은 오히려 신혼여행을 취소하고 한국으로 돌아왔다.

　그러한 뉴스가 전파를 타고 국민들에게 알려지자, 많은
이들이 역시 차기 대통령의 가족들은 다르다고 칭찬을 하였
다.

물론 몇몇 부류들은 보여주기 식의 쇼에 불과하다고 떠들었지만, 어디에나 안티는 있는 것이니 그런 말은 금방 다른 뉴스에 묻혔다.

한편, 한국으로 돌아온 수한은 지킴이 회원들을 소집하였다.

수한이 이번에 지킴이들을 소집한 이유는 나라가 위급할 때 조국을 버리고 떠난 이들의 명단을 작성하고 법적으로 근거를 만들어 전쟁이 끝난 뒤에도 한국으로 돌아오지 못하게 막기 위해서였다.

민주주의 사회에서 어떻게 그럴 수 있느냐고 항변할 수도 있겠지만, 이는 사실 당연히 이루어져야 할 일이었다.

필요에 따라 나라에 빌붙으려는 행태를 그냥 내버려 둔다면 국가의 기치가 어디에 있겠는가.

그렇기에 이번 기회에 그들을 단죄하기 위한 법적 근거를 마련하려는 것이었다.

사실 그동안 대한민국의 상류층들은 많은 국민들의 희생 속으로 높은 지위를 누릴 수 있었다.

그런데 국가가 전쟁을 치르고 있는 와중에 조국을 버리고 빠져나간다는 것은 어떤 변명으로도 죄를 모면할 수 없었다.

한껏 혜택을 누리다 조국이 어려우니 버린다는 생각은 국민으로서 기본조차 갖추지 못했음을 시인하는 일이다.

일제강점기 때 일본을 위해 부역했던 민족 반역자들과 뭐가 다르겠는가.

해방 후, 이들 민족 반역자들을 확실하게 처단하지 못했기에 언제나 국론은 분열되었고, 민족의 정기를 세우지 못하는 천추의 한을 남기고 말았다.

뿐만 아니라 해방 후에는 일제강점기 당시에 축적한 부를 가지고 미국에 충성 맹세를 하며 권력마저 갖게 되었다.

반대로 광복 후에 조국으로 돌아온 독립운동가들은 이미 기반을 잡은 매국노들에 의해 빨갱이, 즉 공산주의자로 몰려 또다시 고초를 겪었다.

이미 권력을 틀어쥔 민족 반역자들은 자신들의 치부가 드러나지 않도록 언론까지 장악하며 지금의 권력 기반을 이룩하였다.

물론 그렇지 않은 상류층 인사들도 있지만, 그들 대부분은 진정한 힘을 가지지 못했다.

수한은 이번 기회에 국가와 민족을 배신한 이들이 다시는 조국에 발도 붙이지 못하도록 세밀하게 작업을 해 나가는 것이었다.

각계각층에 분포해 있는 지킴이 회원들을 총동원하여 여론을 만들고, 민족수호당을 통해 법을 제정한다면 충분히 가능한 일이라는 확신을 갖고.

지킴이 회원들도 그런 수한의 뜻에 동조를 하였다.

어려움이 닥치면 모두가 뜻을 모아 헤쳐 나가야 하는데, 제 살길만 찾아 도망치는 이들을 가만 놔둔다는 것은 말도 안 되는 일이었다.

"그럼 회의는 이것으로 마치기로 하고, 사무장님은 우리의 이런 뜻을 대통령님께 전달해 주시기 바랍니다."

"알겠습니다."

"참, 그리고 대통령님께 제가 독대를 하고 싶다고 전해 주시기 바랍니다."

수한은 지킴이 회원이면서 민족수호당의 사무장인 김명선 의원에게 자신의 뜻을 부탁했다.

민족수호당의 막후 실력자가 바로 수한이지 않은가.

수한이 윤재인 대통령과 독대를 하려는 이유는 사실 별거 없었다.

존 슈왈츠 미국 대통령의 담화로 인해 힘들어할 윤재인 대통령을 위로하는 한편, 자신이 준비한 것들을 알려줘 혹시나 모든 것을 포기하지나 않을까 하는 마음을 돌리려는 목적에서였다.

원자력발전소를 폐기하면서 그 자리를 대체한 발전소들의 진정한 의미를 알려주려는 의도에서였다.

방어 무기인 동시에, 때로는 강력한 공격 무기가 될 수 있는 것이 바로 옛 원자력발전소 자리에 건설되어 있었다.

윤재인 대통령이나 대한민국 국민들, 그리고 세계인들은 대한민국이 방사능 누출의 위험이 있는 원자력발전소를 폐쇄하고, 그 자리에 천하에너지에서 방사능 누출의 위험이 없는 플라즈마 발전소를 건설한 것으로 알고 있었다.

하지만 사실 수한이 설계한 플라즈마 발전소는 그저 내부에 있는 중요한 시설을 숨기기 위한 겉치레에 불과했다.

아니, 내부 중요 설비를 작동시키기 위한 에너지를 생산해 내는 시설이라는 것이 정확한 표현일 것이다.

평상시에는 민간에 공급하고 필요 시 해당 장치에 전력을 공급하여 사용하는 방식이었다.

이러한 일은 보안이 무척이나 중요한 것이라 국가원수인 대통령에게도 전체를 알리지 않고 그저 일부분만 알리고 시공을 하였다.

그렇지만 이제는 윤재인 대통령도 이 시설들의 진정한 목적을 알아야 할 때였다.

원래는 북한의 핵무기를 방어하기 위해 수한이 비밀리에 설계를 한 것이다.

당시 대한민국은 한반도를 둘러싼 나라들의 이해관계 때문에 한반도 내 비핵화 선언을 한 바가 있었다.

하지만 북한은 한반도 비핵화 선언을 공동으로 했으면서도 나중에 번복하고 핵무장을 하였다.

때문에 북한은 중국과 러시아와 잠시 사이가 소원해진 적도 있었다.

하지만 어찌 되었든 발사체는 물론이고, 잠수함에서도 발사가 가능한 SLBM(잠수함 발사 탄도미사일)을 개발하였다.

재래식 전력에서는 대한민국이 압도적으로 우세하지만, 그 모든 것이 핵무기 앞에서는 아무런 의미가 없었다.

그래서 수한은 가족들의 안전을 위해 북한의 핵무기를 방어할 무기 체계가 필요하다는 생각을 했다.

그러던 차에 천하에너지에서 발전소 건설을 수주했다는 소식을 듣고 마법을 이용해 원자력발전소의 발전량을 능가

하는 신개념 발전소로 대체하게 되었다.

괜히 원자력발전소를 남겨두었다가 테러라도 벌어졌다가는 핵폭탄을 맞은 것이나 다름없는 피해가 발생할 수 있었다.

그런 이유로 방사능 누출 위험과 테러 위협이 존재하는 원자력발전소를 잠정적으로 한반도에서 퇴출시키고 보다 안전한 방법으로 전력을 공급하면서 또 다른 한편으로는 언제 대한민국을 위협할지 모르는 북한의 핵무기로부터 한반도를 안전하게 지키기 위해 발전소 시설을 완공한 것이다.

게다가 수한이 개발한 플라즈마 발전소는 원자력발전소의 건설 비용보다 훨씬 저렴하고, 또 폐기물이 없기에 폐기물 처리 비용도 들지 않아 훨씬 저렴하게 전기를 공급할 수 있었다.

수한은 대통령과 독대를 하게 된다면 이러한 사항을 알려주어 국제사회의 압박 속에서도 수세적인 자세를 취하지 말고 보다 강력하게 목소리를 내길 바랐다.

청와대.

수한이 대통령과의 독대를 부탁한 지 하루도 지나지 않아 자리가 마련되었다.

사실 윤재인 대통령은 김명선 사무장을 통해 독대 요청을 들었을 때 무척이나 놀랐다.

그도 그럴 것이, 지킴이란 단체가 오래전부터 존재를 해왔으며, 한민족을 보호하기 위해 많은 노력을 했다는 것과, 대한민국 사회 전반에 걸쳐 활약을 하고 있다는 사실에 깜짝 놀라지 않을 수가 없는 것이다.

게다가 그런 엄청난 단체의 수장이 자신이 알고 있는 사람이며, 불과 30살도 되지 않은 젊은이라는 것에 다시 한번 놀랐다.

"이거, 제가 더 놀랄 일이 있나요?"

윤재인 대통령은 수한과 독대를 하는 자리에서 짐짓 놀란 표정을 지어 보이며 말했다.

물론 그건 아무런 의미 없이 가볍게 이야기를 풀어가기 위해 꺼낸 말이지만, 비밀 이야기를 하려고 온 수한은 윤재인 대통령의 물음에 잠시 멈칫하였다.

그런 수한의 모습에 윤재인 대통령은 자신도 모르게 긴장하였다.

그저 가벼운 농담을 던진 것뿐인데 상대가 정말로 놀랄

만한 내용을 가지고 찾아왔다는 것을 깨달은 것이다.

요즘 정말로 놀랄 것이 많은데, 수한이 또 얼마나 큰 충격을 줄 만한 내용을 가지고 왔는지 자신도 모르게 호기심이 들었다.

"휴, 이거참… 제가 먼저 독대를 요청했으면서도 말씀을 드리지 못하고 있었네요. 그런데 역시나 대통령님이시라 그런지 감이 좋으십니다."

수한 또한 가볍게 농담을 던지며 이야기를 꺼냈다.

"제가 대통령님과 독대를 요청한 것은 다름이 아니라, 대통령님의 걱정거리를 해결해 드리기 위해서 찾아뵌 것입니다."

"걱정거리를 해결해 주시겠다고요?"

"예."

밑도 끝도 없는 수한의 말에 윤재인 대통령은 고개를 갸웃거렸다.

"제 걱정거리를 어떻게 해결해 주겠다는 것이지요?"

윤재인 대통령은 이리저리 생각해 봐도 도저히 짐작 가는 바가 없어 단도직입적으로 물었다.

"대통령님도 천하 에너지에서 건설한 플라즈마 발전소에 대해 들어보셨을 것입니다."

윤재인 대통령은 난데없이 발전소에 대한 이야기가 나오자 수한의 의도를 종잡을 수가 없었다.

"사실 원자력발전소를 대체하기 위해서이기도 하지만, 주목적은 북한의 핵무기를 방어하기 위한 목적에서 건설한 것입니다."

"네? 아니, 그게 무슨 소립니까? 발전소가 핵무기 방어 시설이라니요?"

윤재인 대통령은 너무도 어처구니없는 수한의 선언에 잠시 멍해 있다가 물었다.

발전소라고 알고 있던 시설이 사실은 핵무기를 방어하는 무기라는데 놀라지 않을 사람이 누가 있겠는가. 그래서 윤재인 대통령은 자신도 모르게 큰소리로 물었다.

"예. 지상에 있는 건물은 전력을 생산하는 시설이 맞습니다. 그렇지만 지하에는 또 다른 시설이 있는데, 에너지를 공급하면 핵무기를 방어하는 무기로 활용할 수 있습니다. 그리고 공격 무기로도 사용이 가능합니다. 최대 5,000㎞ 떨어진 목표까지 타격이 가능한 비밀 무기입니다."

수한은 담담하게 플라즈마 발전소 지하에 설치된 장치에 대하여 설명을 하였다.

"그런 무기가 있습니까?"

방어 무기인데 공격 무기로도 사용이 가능하다는 수한의 말에 윤재인 대통령은 그것이 무엇인지 잘 상상이 되지 않았다.

수한은 윤재인 대통령이 잘 믿기지 않는다는 기색을 눈치챘다.

하긴 뜬금없이 비밀 무기가 있다고 하면 누가 그 말을 믿겠는가. 그저 자신이 그동안 보여준 성과가 있기에 겉으로 내색하지 않을 뿐이었다.

수한은 한참 동안 플라즈마 발전소 지하에 설치한 설비의 기능과 그 이유에 대해 찬찬히 설명해 나갔다.

그렇게 모든 이야기를 들은 후에야 윤재인 대통령은 얼굴이 확 폈다.

그도 그럴 것이, 사실 존 슈왈츠 대통령의 핵무기 사용 금지 발언은 대한민국에 엄청난 압력으로 작용하였다.

세계인들은 중국보다는 한국이 핵무기를 먼저 사용할 것이라 여겨 온갖 압력을 행사하고 있었다.

윤재인 대통령으로서는 너무도 억울한 일이 아닐 수 없었다.

아무런 이유도 없이 테러를 당하고, 중국으로부터 일방적인 선전포고를 당했다.

정작 테러를 주도한 중국이 도리어 성을 낸 것이다.

뿐만 아니라 동맹이라고 믿었던 일본이 중국을 사주해 한반도를 집어삼키기 위해 음모를 꾸몄다는 정보도 포착했다.

그렇게 사전에 음모를 알아차렸기에 지금까지 별다른 피해 없이 잘 막아냈다.

그런데 혈맹이라고까지 떠들어 대던 미국이 결정적으로 대한민국의 뒤통수를 세게 쳤다.

믿는 도끼에 발등 찍힌다는 말이 현실이 된 것이다.

처음 중국의 선전포고 때는 슬쩍 발을 빼더니, 일본마저 뒤통수를 치고 나오자 중재는 하지도 않고 오히려 대한민국의 손발을 묶어버리는 발표를 한 것이다.

사실 현재 대한민국은 고립무원이요, 사면초가의 형세라 할 수 있었다.

어디에도 대한민국의 손을 들어줄 친구 하나 없고, 모두 희생을 강요하는 자들만 있었다.

미국 대사를 불러 호통을 쳐보기도 했지만, 그는 뻔뻔스럽게 윤재인 대통령을 무시하였다.

아니, 무시를 하는 정도가 아니라 오히려 협박을 했다.

물론 윤재인 대통령도 참고 있지만은 않았다.

최후의 순간, 대한민국이 보유한 핵무기가 가장 먼저 날아갈 곳은 미국이 될 것이라 경고를 날린 것이다.

하지만 그럼에도 윤재인 대통령의 속은 그리 통쾌하지 않았다.

그로써 미국과는 완전히 다른 길을 가는 처지가 된 것이다.

그 때문에 업무도 제대로 보지 못하고 하루 종일 고심을 하고 있는데, 수한이 자신의 고민을 한 방에 날려 버리는 선물을 가지고 찾아와 준 것이었다.

정말이지, 그가 나서면 모든 것이 만사형통이었다.

"대통령님, 그런데 저희가 이번 전쟁에서 이기기 위해선 단기전으로 끝내야 합니다."

"단기전이요?"

윤재인 대통령은 수한의 말에 고개를 갸웃거렸다.

잘 이해가 가지 않았기 때문이다.

수한은 윤재인 대통령의 이해를 돕기 위해 현재 대한민국과 중국, 일본의 전력에 관해 이야기를 하였다.

각국 군대가 보유한 비축 물자와 생산력에 대하여.

대한민국이 아무리 발전을 하고 있는 중이라지만, 중국이나 일본의 생산력을 따라가려면 아직 시간이 더 필요하였다.

그런데 전쟁이 장기전으로 이어진다면 보급이 끊어져 중국과 일본에 밀리게 되고 만다.

이러한 사실을 객관적으로 비교하며 들려주자 윤재인 대통령도 그제야 납득이 가는 듯했다.

아무리 국군의 무기가 중국과 일본의 것보다 월등하다 해도 결국 보급이 끊어지면 전쟁에서 질 수밖에 없다는 말이었다.

전략 시뮬레이션 게임을 잘하는 사람이라면 이해가 잘될 것이다.

상대보다 공격력이 높은 유닛을 다수 가지고 있다 해도 장기전으로 간다면 멀티가 많은 사람이 결국 게임에서 승리하게 되는 것이다.

물론 멀티가 많다고 게임에서 무조건 승리를 하는 것은 아니다.

생산력이 뒷받침되기 전에 끝장을 보면 상대는 이렇다 할 시도도 하기 전에 항복을 할 수밖에 없는 것이다.

또 한편으로는 상대가 보급을 유지하지 못하도록 생산 기지를 파괴하는 방법도 있다.

하여 수한은 지금 그에 대한 방법을 윤재인 대통령에게 제시하는 것이었다.

구 북한이 양성해 놓은, 엄청난 숫자의 특수부대원.

많은 이들이 전역을 했지만, 여전히 군에 남아 있는 자들과 지킴이 PMC처럼 준군사 기업에 흡수된 경우가 많았다.

당연히 그들은 현역 때의 실력을 유지하고 있었고.

수한은 그들을 중국이나 일본에 침투시켜 군수물자 생산 시설에 대한 파괴 공작을 제안하였다.

윤재인 대통령은 잠시 멈칫했지만, 곧 현 상황에서 가장 좋은 방법이란 생각이 들었다.

'음, 어차피 전시 상황이니 교전국에 대한 테러도 당연한 것이지. 그동안 내가 그런 생각을 못했다니…….'

현재 중국과 일본을 동시에 막아내야 하는 대한민국의 입장으로서는 가용 가능한 모든 수단을 사용해야 한다.

그 방법이 군이 테러라고 해서 사용하지 못할 것도 없었다.

뭐, 민간에 대한 테러는 지양해야 하겠지만, 해당 시설이 전쟁 수행에 도움을 주는 것이라면 당연히 파괴해야 할 목표에 지나지 않았다.

더욱이 현재는 전시(戰時)가 아닌가. 어느 정도의 민간인 피해도 감수해야 할 일이었다.

지금은 국가의 존망이 걸린 형편이니 한 국가의 원수로서 윤재인은 모든 가능한 수단을 동원하리라 다짐했다.

생각을 마친 윤재인은 길성준 비서실장을 불러 군 수뇌부 회의를 지시했다.

옆에 있던 수한 역시 윤재인 대통령의 행동을 보며 거들기로 마음먹었다.

"저희 지킴이 PMC도 조국을 위해 기꺼이 동참하겠습니다."

다부진 표정으로 말하는 수한의 태도에 윤재인 대통령은 말없이 힘차게 손을 잡았다.

차마 말로 표현하지 못해 행동으로 표현한 것이었다.

수한은 그저 작은 미소를 지을 뿐이었다.

3.
승리를 위한 제안

대통령과 독대를 마친 수한은 곧장 평양으로 향했다.

"여보세요, 선영 씨. 아무래도 오늘 늦을 것 같아."

지킴이 PMC로 향하며 수한은 루나에게 전화를 걸었다.

이미 지킴이 PMC의 참전을 선언한데다 전쟁을 승리로 이끌기 위한 방안까지 제시하였으니, 이제 실행만이 남은 상황.

그런 이유로 지킴이 PMC 대표인 문익병 사장과도 논의를 해야 했다.

아직 신혼임에도 집을 비워야 하는 사정을 설명해 주자 루나도 순순히 납득을 했다.

그러고는 자신 역시 스케줄을 조정해 같은 그룹 멤버이자 시누이인 수정과 함께하기로 했다고 말을 하였다.

"그럼 누나랑 같이 어머니에게 다녀오는 것도 괜찮겠네. 어머니 혼자 적적하실 터인데."

루나가 자신의 제안을 쉽사리 받아들이자 수한은 마지막으로 당부의 말을 남겼다.

"난 늦을지 모르니 기다리지 말고 먼저 자요."

통화를 끝낸 수한은 표정을 차갑게 굳혔다.

현재 대한민국이 처한 상황은 그야말로 순탄치 못했다.

마치 로메로 왕국의 최후처럼.

자연 수한으로서는 당시 느꼈던 감정이 이입될 수밖에 없었다.

로메로 왕국을 침략한 샤만 왕국의 모습이 패권국을 꿈꾸는 중국과 음모를 꾸민 일본의 행태와 겹쳐 보였다.

뿐만 아니라 어느 나라 할 것 없이 등을 돌린 형세가 너무도 흡사했다.

그래서 수한은 자신도 모르게 대한민국과 로메로 왕국을 동일시 여겼다.

아니, 아마도 수한은 전생에서 죽으며 다짐했던 맹세를 지키기 위해 각오를 다지는 것인지도 모를 일이었다.

수한은 지금까지 묵묵히 기반을 닦아왔다.

조국인 대한민국이 주변국들에게 핍박당하지 않도록.

마침내 노력이 결실을 맺어 발전의 기지개를 켜려고 하는 이 순간, 중국과 일본이 대한민국의 발목을 잡았다.

동맹인 미국 또한 어떤 이유에서인지는 모르겠지만, 중국과 일본의 편을 들어 대한민국을 막다른 곳으로 몰았다.

국제관계란 영원한 동맹도, 적도 없는 것.

그동안 미국은 자신들의 이익과 안보를 위해 대한민국을 이용해 왔다.

중국과 러시아로부터 자국을 보호하기 위해 대한민국과 일본을 방파제 삼아 경계를 해온 것이다.

그런데 이제 와서 핵 문제를 거론하며 대한민국에 족쇄를 씌웠다.

물론 중국에게도 똑같이 적용되는 일이라 말은 했지만, 결국 눈 가리고 아웅 하는 꼴이나 마찬가지였다.

배후에서 일본까지 모략을 꾸미고 있는 상황에서 가장 강력한 무기를 사용하지 못하게 하는 것은 죽으라는 말이나 다름없었다.

그런 까닭에 대한민국 정부는 강력한 메시지를 전달하며 미국과의 일방적이던 관계를 정리하였다.

대통령과의 독대를 통해 현재 돌아가는 상황을 듣게 된 수한의 마음은 더욱 비장해졌다.

누구도 믿을 수가 없는 상황에서는 관계를 확실하게 정립하는 것이 중요했다.

만약 아직 남아 있는 주한미군이 총부리를 거꾸로 돌려 국군의 지휘 체계를 뒤흔든다면 그보다 큰일은 없었다.

막말로 그렇게 된다면 싸워보지도 못하고 대한민국은 역사의 뒤안길로 사라질 것이다.

그래서 수한은 과감하게 처리해 나갈 것을 건의하였다.

그러는 한편, 주한미군을 제압할 때 자신이 가지고 있는 패 중 하나인 라이프 메디텍 보안대를 지원해 주기로 하였다.

윤재인 대통령 역시 일단 그들을 억류해야 할 필요성을 느꼈다.

하지만 현재 국군의 주력은 분산되어 있는 형편이었다.

대부분의 병력이 중국과의 전투 지역에 집중되어 있고, 해군은 언제 어느 때에 기습해 올지 모를 일본을 견제하기 위해 24시간 감시를 하고 있었다.

한마디로 주한미군을 상대할 병력이 부족했다.

대통령 직속 특수부대인 SA 부대를 동원한다고 해도 현실적으로 어려움이 존재했다.

아직 주한미군 전체를 피해 없이 제압하기는 병력이 너무 부족한 것이었다.

물론 라이프 메디텍 보안대가 돕겠지만, 그럼에도 숫자 면에서 너무도 큰 차이가 있었다.

다만, 믿는 점이 없지는 않았다.

SA 부대나 라이프 메디텍 보안대가 착용한 파워 슈트는 여타의 것과는 차원이 달랐다.

침투에 특화되었으면서도 기타 기능 역시 월등했다.

그렇기 때문에 각개격파를 시도한다면 큰 피해 없이 제압할 수 있을 것이다.

올 것이 왔다.

문익병 사장은 수한에게서 비상 대기 명령을 받았다.

지킴이 PMC에는 오래전부터, 아니, 설립되면서부터 하나의 매뉴얼이 존재했다.

타국이 대한민국을 위협하는, 즉 전쟁이 발발하는 경우에 대해서.

수한은 계약을 맺는 직원들과 면담을 하면서 그런 상황에 대하여 물었다.

그에 대해 그들은 조국을 지키기 위해선 목숨을 내놓고 적과 싸우겠다고 단호하게 대답했다.

그리고 문익병 사장은 수한이 직원들의 복지를 왜 그렇게 신경 써왔는지 이제야 비로소 깨달을 수 있었다.

조국을 생각하는 마음, 그것에 대한 보답이었던 것이다.

그동안 문익병 사장은 북한군에 대하여 오해를 하고 있었다.

북한군은 무조건 김씨 일가에 대해 세뇌가 되어 있다고 여긴 것이다.

하지만 지킴이 PMC에 입사하고 직원 교육을 받으면서 보여주는 태도 등을 직접 겪으면서 생각이 많이 바뀌었다.

물론 아직 이해가 가지 않는 생각이나 습관들도 있긴 하지만, 대체로 따져 보았을 때, 자신의 사상과도 많이 다르지 않았다.

그렇기에 금세 그들과 의기투합하여 짧은 연혁에도 지킴이 PMC는 혁혁한 성과를 올리며 세계적인 PMC가 될 수 있었다.

실례로 현재 초강대국 미국도 해결하지 못한 과격 무장

단체인 IS를 불과 몇 개월 만에 몰락 직전으로 내몰았다.

만약 일본이 대한민국에 기습적으로 선전포고를 하지 않았다면 지킴이 PMC는 개성에서 저지른 테러에 대한 대가를 확실하게 받아냈을 것이다.

하지만 그럼에도 IS는 더 이상 힘을 쓰지 못할 것이다.

중동에 파견된 지킴이 PMC로 인해 IS의 수뇌부 상당수가 사살되거나 포로로 잡혀 미국의 악명 높은 수용소로 끌려갔으니 말이다.

"어서 오십시오."

"퇴근도 못하게 해서 죄송합니다."

"아닙니다. 나라가 위급한 지경인데, 퇴근한다고 마음이 편하겠습니까?"

"그렇지요. 그래서 저희도 이번 전쟁에 한 팔 거들기로 하였습니다. 물론 이것은 정부의 의뢰가 아닙니다. 하지만 직원들의 수당에 대해선 제가 지급을 할 테니, 그것은 걱정하지 마십시오."

수한은 이번 일이 전적으로 자신 개인의 의사임을 밝히며 정부에서는 어떤 지원금도 나오지 않을 것을 말하였다.

그래서 직원들의 월급과 수당은 자신이 직접 지급할 것임을 문익병 사장에게 말한 것이다.

확실히 문익병 사장도 그 점이 못내 마음에 걸렸었다.

자신들이 군사 기업이기는 하지만 엄연히 민간 회사였다.

"문 사장님께서도 아시겠지만, 현재 대한민국은 중국과 일본 두 나라와 전쟁을 하고 있습니다. 일본이 아직 본격적인 군사행동을 하지 않고 있다지만, 이미 선전포고를 한 상태이니 언제든 행동에 나설 수 있습니다."

수한이 본격적인 말을 꺼내려는 것을 느낀 문익병 사장은 조용히 수한의 말을 경청했다.

수한은 문익병 사장에게 자신이 청와대에서 했던 말을 그대로 들려주었다.

"그러니까 박사님의 말씀은 저희가 중국과 일본에 침투하여 군사시설이나 군수품 생산 공장들을 파괴해야 한다는 말씀입니까?"

"그렇습니다. 정규전은 군에 맡기고, 저희는 가장 잘할 수 있는 일을 해 군의 작전을 도우면 됩니다."

늦은 시각.

청와대의 한곳에서는 여전히 불빛이 꺼지지 않은 채 논의
가 이루어지고 있었다.

"대통령님, 그 말씀이 사실입니까?"

육군 참모총장인 정승환 대장은 방금 대통령의 말이 잘
믿기지 않는 듯 재차 물었다.

"그렇습니다."

윤재인 대통령은 정승환 대장의 질문에 답하며 김명한 국
방부 장관을 돌아보았다.

김명한 국방부 장관은 대통령의 눈짓에 얼른 대답을 했
다.

"그렇습니다. 4년 전부터 그 시설은 국방부에서 관할하
고 있었습니다. 다만, 비밀을 지키기 위해 아직까지 외부에
알리지 않은 것뿐입니다."

김명한 국방부 장관은 표정으로 무언의 질문을 보내고 있
는 군 장성들에게 변명을 하였다.

사실 그의 말이 아주 틀린 것만은 아니었다.

실제로 예편을 하는 군 장성들 중 국가 기밀을 외국에 넘
기는 이들이 있었기에 이견을 달 수는 없는 노릇이었다.

장성들이 잠시 입을 다물고 뭔가를 생각하던 중 공군 참
모총장인 문지섭 대장이 물었다.

"그렇다면 그 시설이 실제로 그가 말한 것과 같은 성능을 가지고 있는 것입니까?"

사실 그는 조금 전 김명한 장관이 기밀을 지키기 위해서라는 말에 솔직히 기분이 좋지 못했다.

그도 그럴 것이, 얼마 전까지 공군 참모총장으로 있다가 예편한 예비역 장성이 비리 혐의로 조사를 받던 중 외국에 정보를 넘기고 그에 대한 커미션을 받았다는 사실이 밝혀졌다.

그 때문에 조금 전 김명한 장관의 말이 자신을 겨냥해 한 것처럼 들려 각을 세우며 질문을 한 것이었다.

"네. 그 설비에 대한 것은 제가 보장하겠습니다. 정수한 박사의 말처럼 그 설비의 능력은 참으로 엄청난 것이었습니다."

2024년, 부산광역시 기장군 장안읍 고리.

이곳에는 사용 연혁이 지나 폐쇄된 원자력발전소가 있었다.

하지만 작년에 천하에너지에서 발주를 하여 새롭게 개장

하게 되었다.

방사능 유출의 위험이 없는 플라즈마를 이용한 발전소로 새롭게 재탄생한 것이다.

무엇보다 원자력발전 이상의 에너지를 생산한다는 것에 많은 사람들이 놀랐다.

물론 아주 위험이 없는 것은 아니었다.

말 그대로 플라즈마는 초고압, 초고온의 이온이다.

그런 것이 외부로 누출된다면 당연히 위험할 것이다.

하지만 그럴 경우, 하늘로 분출되게끔 설계를 하였다.

한결 위험도를 낮춘 설계인 것이다.

플라즈마 발전이라는 기술이 공개되면서 많은 나라들이 천하에너지에 문의를 하였다.

하지만 천하에너지는 아직 국내 에너지 발전을 충족시키기 위해 당분간 외국으로 눈을 돌릴 수 없다는 발표를 하였다.

때문에 많은 나라들이 어서 빨리 그때가 오기를 고대했다.

특히나 방사능 누출 사고가 있던 나라들과 도시 속에 원자력발전소가 있는 독일과 프랑스는 비상한 관심을 보였다.

"축하합니다."

"하하, 감사합니다."

정대한 회장은 축하 인사를 건네는 사람들에게 답례하며 자리를 잡았다.

그의 옆에는 플라즈마 발전기를 설계한 수한이 함께하였다.

수한이 이곳에 자리한 이유는 지하에 있는 설비를 점검하기 위해서였다.

그것은 사실 정대한 회장도 용도를 알지 못하는 설비였다.

심지어 건설에 참여한 천하건설이나 천하에너지 직원들도 그에 대해서는 아는 것이 없었다.

때문에 수한은 오늘 몇몇 사람에게만 그 설비의 정확한 용도를 알릴 계획이었다.

모든 행사가 성대히 끝나고, 수한은 준공식에 참석한 사람 중 일부를 따로 불렀다.

"장관님, 잠시 제게 시간을 내주실 수 있겠습니까? 따로 보여 드릴 것이 있습니다."

사실 오늘 김명한 국방부 장관이 이 자리에 참 한 것은 수한의 개인적인 초청이 있었기 때문이다.

김명한 국방부 장관은 이 신개념 발전소를 설계한 사람이 작년 대한민국의 주력 전차로 선정된 K—3 백호를 개발했다는 이야기를 듣고 호기심에 참석한 것이다.

　그런데 따로 보여줄 것이 있다는 말에 고개를 갸웃거렸다.

　"도대체 내게 보여주고 싶은 것이 무엇이기에 그러는 것이오?"

　이제 겨우 20대 중반의 젊은 박사지만 김명한 국방부 장관은 수한을 함부로 대하지 않았다.

　수한이 대기업의 로열패밀리라거나 대단히 뛰어난 과학자이기 때문이 아니었다.

　김명한이 보기에 수한에게서 함부로 할 수 없는, 무언가 엄청난 기운이 느껴졌기 때문이다.

　이는 김명한 국방부 장관이 어떤 대단한 능력이 있어서 그런 것이 아니라 오랜 연륜을 통해 얻게 된, 인물을 보는 눈 덕분이었다.

　물론 그것이 100% 맞는 것은 아니지만, 대체로 잘 들어맞았다.

　그리고 그건 김명한 장관이 수한을 제대로 본 것이기도 했다.

성공한 이들은 각각 차이는 있지만 저마다 상대를 파악하는 눈을 가지고 있다.

상대의 능력을 제대로 파악할 수 있어야 적절한 대응을 하거나, 자신을 속이려는 이들에 대하여 사전에 차단할 수 있기 때문이다.

아무튼 뭔가 알 수 없는 기운을 풍기는 수한이 부탁을 해오자 김명한 국방부 장관은 잠시 고민을 하다 곧 수락하였다.

"음, 30분 정도는 시간을 낼 수 있을 것 같군."

김명한 국방부 장관은 수한의 말에 시계를 들여다보며 대답했다.

"갑작스런 부탁임에도 시간을 내주셔서 감사합니다. 그럼 저를 따라오시지요."

수한은 감사 인사를 하며 김명한 장관을 안내하였다.

"아, 보좌관님들은 이곳에서 대기해 주시기 바랍니다. 이곳은 비밀 시설이라 관계자 외에는 출입이 금지된 곳입니다."

수한은 보좌관들을 돌아보며 양해를 구했다.

그런 탓에 잠시 소란이 일기는 했지만, 뭔가 중대한 비밀이 있음을 짐작한 김명한 국방부 장관의 중재로 금방 해결이 되었다.

수한은 살짝 고개를 숙여 사과를 하고는 김명한 국방부 장관과 함께 자리를 옮겼다.

그런 후, 두 사람은 엘리베이터를 타고 지하로 내려갔다.

덜컹!

드디어 도착을 한 듯 약간의 진동이 있고 엘리베이터가 멈췄다.

"이곳이오?"

"예, 이곳입니다."

엘리베이터의 문이 열리고 수한이 먼저 밖으로 나왔다.

김명한 국방부 장관도 수한의 뒤를 따라 엘리베이터 밖으로 걸음을 옮기다 순간 눈이 커졌다.

"아니……."

그는 경악을 금치 못했다.

그의 눈앞에서는 많은 인원들이 커다란 모니터를 보며 뭔가를 조작하고 있는 중이었다.

화면 위에는 알 수 없는 기하학적 무늬들이 가득했다.

특이한 것은 이곳 설비와 모니터에 보이는 문양이 어울리지 않으면서도 어떻게 보면 잘 어울린다는 것이었다.

"저건 무엇이고, 이곳은 또 뭐하는 곳이오?"

김명한 국방부 장관은 도무지 이해가 가지 않아 수한에게 단도직입적으로 물었다.

플라즈마 발전소를 통제하는 곳은 이미 아까 전에 견학을 마쳤다.

하지만 이곳에 있는 시설들은 뭔가 다르다는 것을 직감적으로 알 수 있었다.

"사실 이곳 플라즈마 발전소의 진정한 목적은 ICBM과 같은 탄도미사일을 방어하기 위한 것입니다. 사실 지상에 설비된 발전기들은 지금 화면에 보이는 장비에 전력을 공급하기 위한 것입니다."

"그게 무슨 소리요?"

김명한 장관은 수한의 말을 이해할 수가 없었다.

"그러니까 지상에 있는 발전 설비들은 이곳 지하에 있는 설비들에 에너지를 공급하기 위한 것이고, 이곳 설비들은 대한민국을 공격하는 탄도미사일과 같은 핵무기들에 대한 방어를 하는 설비입니다. 물론 방어만 하는 것이 아니라 공격을 할 수도 있습니다. 다만, 공격의 경우에는 거리 제한이 있지만 말입니다."

"그럴 수가!"

김명한 국방부 장관은 기가 막혔다.

"어떻게 그럴 수 있는 것이오? 설마 미국이 개발했다는 그 뭐냐… 아! 그래, 레일건인가 뭔가 하는 것이오?"

김명한 국방부 장관은 오래전 미국이 이와 비슷한 무기를 연구했다는 사실을 떠올리며 물었다.

"물론 레일건도 다른 곳에서 연구하고 있지만, 이곳은 그런 것이 아닙니다."

"그럼 무엇이오?"

김명한 장관의 질문에 수한은 빙그레 미소를 지으며 말을 하였다.

"잠시 전면에 있는 화면을 봐주시기 바랍니다."

그가 시선을 돌리자 조금 전 엘리베이터에서 내리면서 보았던 기하학적 문양 가운데에서 붉은 것이 떠올랐다.

그 물체는 점점 크기를 키워가기 시작하였다.

김명한 국방부 장관은 안경을 올려 쓰며 집중하여 보았는데, 그 붉은 물체는 허공에 뜬 채로 맹렬하게 회전을 하고 있었다.

'플라즈마!'

김명한 국방부 장관이 직감적으로 알아차린 그것의 정체는 바로 플라즈마 덩어리였다.

"어?"

그 순간, 갑자기 커다란 화면이 두 개로 분할되어 다른 풍경이 보였다.

그것은 바로 무선 모형 비행기였다.

아마도 실험을 위해 내놓은 것으로 보이는데, 지금 한쪽에 보이는 플라즈마 덩어리라 짐작되는 것과 모형비행기 간의 관계가 무언지 궁금했다.

"잘 보시기 바랍니다."

마치 그에 대한 대답이라도 되는 듯 수한이 짧게 말하고는 안에 있는 사람들에게 지시를 내렸다.

"발사 준비."

"발사 준비!"

수한의 지시에 사람들은 마치 군인처럼 복명복창을 하였다.

"발사."

"발사!"

수한의 명령이 떨어지자 화면 한쪽에 있던 플라즈마 덩어리가 사라졌다.

그와 동시에 모형 비행기가 날고 있는 상공에 나타나더니, 모형 비행기를 순식간에 삼키고는 사라져 버렸다.

"와!"

"성공이다!"

"대한민국 만세!"

실내에 있던 사람들은 일제히 환호성과 함께 만세를 부르며 기뻐하였다.

김명한 국방부 장관은 뭐가 뭔지 알 수가 없어 어리둥절해하며 수한을 돌아보았다.

"지금 뭐가 어떻게 된 것이오?"

수한은 다시 한 번 차분하게 입을 열었다.

"장관님, 제가 이곳에 오기 전에 설명을 드렸지요?"

"그렇소."

"이곳 시설은 플라즈마 덩어리를 생성하여 한반도를 위협하는 물체를 소멸시키는 장치입니다."

"아니, 그게 가능하다는 말입니까?"

김명한 국방부 장관은 믿을 수가 없었다.

오래전 물리학 박사들이 공간 이동 가능성에 대하여 논문을 발표한 적이 있었다.

당시 많은 이들이 이론상으로는 가능하지만 실제로는 불가능하다고 하였다.

실제로 미국에서는 1943년 필라델피아 실험 또는 레인보우 프로젝트라 불리는 실험을 하였다.

해군 군함이 한순간 눈앞에서 사라졌다가 400여 킬로미터 떨어진 노폭 항에 나타났다 직후에 다시 제자리로 돌아갔다는 내용이다.

하지만 다시 나타난 군함의 몰골은 처참하기 그지없었다.

선체는 녹아내린 것처럼 흘러내리다 굳은 모습인데, 더욱 충격적인 사실은 배 안에 있던 선원들이 선체와 결합되어 있었다는 점이다.

함선에 타고 있던 180명의 선원 중 159명이 사망하고 21명만이 생존하였는데, 그마저도 정신 분열 증상을 보였다.

그 결과로 해당 실험은 실패라 규정 짓고 중단되었다.

그런데 지금 수한이 공간 이동을 통제하고 그것을 무기화시켰다는 주장을 하는 것이었다.

김명한 국방부 장관은 과연 믿어야 할지, 아니면 허풍이라 치부해야 할지 갈피를 잡을 수가 없었다.

"그 말이 사실이오?"

"예. 그리고 아직 실험이 모두 끝난 것은 아닙니다. 다시 화면을 주시해 주시기 바랍니다."

김명한 국방부 장관은 고개를 돌려 조금 전 보았던 화면에 다시 시선을 주었다.

이번에 보이는 것은 조금 전과는 다른 영상이었다.

전면의 커다란 화면은 여전히 두 개로 분할되어 있었는데, 이번에는 기하학적 문양이 보이는 곳에 사람들이 들어가 금속 기둥을 옮기고 있었다.

"혹시……."

김명한은 자신의 생각이 맞는 것인지 수한을 돌아보며 물었다.

"예. 지금 연구원들이 가져다 놓은 것은 GPS 폭탄입니다. 다만, 폭약은 들어 있지 않습니다. 지켜보시지요."

수한은 간단하게 설명을 하고 다시 화면에 시선을 주었다.

모래사장의 모습이 오른쪽 화면에 비추었다.

그곳에는 커다란 표시가 놓여 있었다.

하얀 천에 검은색으로 표시된 마킹.

"발사 준비."

"발사 분비!"

다시 한 번 수한의 목소리가 흘러나오고 복명복창이 이어졌다.

"발사."

"발사!"

수한의 명령이 떨어지자마자 GPS 폭탄이 화면에서 사라졌다.

순간, 화면이 바뀌며 GPS 폭탄 일부가 공중에서 낙하하는 모습이 보였다.

아래에는 바다와 섬이 보이고, 그것은 점점 커지기 시작하였다.

그러다 해변에 놓인 표적이 보였다.

점점 가까워지며 표적은 점점 크기를 늘려가고, 어느 순간 화면은 검게 어두워졌다.

조금 전, 첫 번째 실험이 성공했을 때 환호하며 기뻐하던 연구원들은 이번에는 아무런 소리도 내지 않았다.

그도 그럴 것이, 조금 전 화면에 다시 나타난 섬의 모습이 너무도 처참했기 때문이다.

섬의 1/3이 사라졌으며 표적이 놓여 있는 해변은 바닷속에 잠겨 있었다.

김명한 국방부 장관은 당시의 기억을 떠올리며 입가에 미소를 지었다.

그동안 자신이 잊고 있던 것을 기억해 내며 전쟁에 대한 자신감이 샘솟았다.

보안 때문에 잊고 있었는데, 이번에 수한이 대통령에게 그 비밀을 말하면서 공개가 되었다.

더욱이 당시 수한은 한반도에 있는 원자력발전소 전체를 플라즈마 발전소로 대체하면서 모든 시설에 그와 같은 시설을 만들겠다고 하였다.

물론 운용은 군에서 하게 될 것이라고 하였다.

다만, 시설을 운용할 요원들이 모두 양성될 때까지는 자신이 관리하겠다고 하여 그렇게 하라고 승낙을 하였다.

사실 그 시설의 존재가 만약 외부에 알려지게 된다면 대한민국은 남아나지 않을 것이기에 스스로 지킬 힘을 가질 때까지는 비밀에 붙여야만 했다.

현재 한반도에는 플라즈마 발전소가 열 곳이나 있었다.

아직도 건설되고 있는 것이 있으니, 시간만 지날수록 더욱 늘어날 것이다.

그렇게 된다면 그때는 그 어떤 적도 두렵지 않았다.

다만, 아직 힘을 완벽하게 갖추지 못한 상태에서 중국과 일본이 대한민국에 선전포고를 했으며, 미국과 전 세계가 대한민국을 주시하고 있었다.

김명한 국방부 장관이 생각에 잠겨 있을 때, 윤재인 대통령의 말이 이어졌다.

"우리가 이번 전쟁에서 중국과 일본을 이기려면 단기전으로 해야 승산이 있다고 하던데, 군에서는 어떻게 생각하고 있습니까?"

"예. 저희 합참에서도 그런 판단을 하였습니다. 전쟁이 장기화된다면 승산이 없다고 생각합니다."

정승환 대장이 다른 장성들을 대신해 대답을 하였다.

윤재인 대통령은 가만히 고개를 끄덕이다 몇 시간 전 수한이 자신에게 제안한 안건에 대하여 입을 열었다.

"일단 단기전으로 끝내려면 저들이 그럴 수밖에 없게 만들어야 하지 않겠습니까?"

"그렇습니다. 하지만 방법이……."

대통령의 말에 군 장성들은 표정이 굳었다.

자신들도 그 점을 알고는 있지만 방법이 없었다.

객관적으로 중국이나 일본은 대한민국보다 군사적인 측면에서 한 수나 두 수 위였다.

그나마 플라즈마 실드 발생 장치가 있어 방어는 가능하지만, 전쟁이 장기화된다면 또 어떻게 될지 모를 일이었다.

더욱이 플라즈마 실드 발생 장치도 만능은 아니었다.

사용할수록 에너지가 고갈되어 기능이 정지된다.

그러한 사실을 알기에 군 장성들은 지금 고민에 빠져 있었다.

"특수부대를 보내 적의 군수시설이나 공장들을 파괴하면 어떻겠습니까?"

윤재인 대통령은 장군들을 보며 수한이 제안한 방법을 말했다.

"성공한다면 우리의 생각대로 단기전으로 몰고 갈 수도 있겠지만, 작전에 투입되는 병사들의 희생이 너무도 큽니다."

예전 같았으면 장병들이 얼마가 희생되더라도 마다하지 않았을 테지만, 현재 대한민국이 처한 상황은 그렇지 못했다.

비록 중국과 일본, 두 나라와 전쟁을 하고 있지만, 어떻게 보면 대한민국은 전 세계와 전쟁을 하고 있는 것이나 마찬가지였다.

언제 전황이 바뀔지 모르는 상태에서 특수부대원 같은 엘리트 군인들을 잃는 것은 가급적 피해야 할 상황이었다.

고민에 빠져 있는 장군들의 표정을 읽은 윤재인 대통령은 그들의 걱정을 날려 버리는 말을 하였다.

"사실 이 이야기도 정수한 박사가 제의한 것이오. 군에서 허락만 해준다면 지킴이 PMC를 동원해 중국과 일본을 헤집어주겠다고 하였소."

"아!"

윤재인 대통령의 이야기를 들은 이들은 기가 막혔다.

장성들은 저마다 머릿속으로 지킴이 PMC가 침투 작전에 동원되었을 때 전황이 어떻게 바뀌게 될지 계산을 하였다.

만약 중국과 일본에 침투하여 목적을 이룰 수 있다면, 이번 전쟁은 충분히 해볼 만하다는 결론이 내려졌다.

사실 이런 작전에 지킴이 PMC만큼 적합한 곳이 없었다.

사우디 왕자가 납치됐을 때 적진에 침투하여 무사히 구출한 것이나, 쿠웨이트를 해방시킨 것, 그리고 최근 IS의 본거지와 수뇌부들을 초토화시키고 있는 점까지…….

지킴이 PMC에 대한 정보를 접하면서 그런 부대를 가지고 싶다는 욕심이 들었다.

그런 지킴이 PMC가 나라를 위해 나선다고 하니, 장군들도 가슴이 뜨거워지기 시작하였다.

4.
지킴이 PMC의 출정

대한민국 국군은 지금까지와는 다르게 보다 공격적인 자세로 전쟁에 임하기로 결정을 내렸다.

사실 정부로서는 어떻게든 전쟁을 피하고 싶었다.

그래서 적극적인 교전보다는 수세적인 대응을 유지했다.

사실 정부가 그런 방침을 내린 원인은 간단했다.

대한민국 국군이 가진 전력을 정확하게 파악하지 못한 탓도 있지만, 사실 군 내부에서도 장비의 성능을 신뢰하지 못하고 있던 것이 원인이었다.

오랜 기간 중국이나 일본, 미국 등 한반도를 둘러싼 국가들의 전력이 고평가되었기에 상대적으로 전력이 떨어진다

판단한 것이었다.

그런데 막상 중국과 교전을 벌인 결과, 자신들이 결코 약하지 않다는 것을 뒤늦게 깨달았다.

한 번도 아니고, 벌써 두 번째 압도적인 승리.

아니, 그것은 승리라는 말로 표현할 수 있는 문제가 아니었다.

교전 결과만 놓고 본다면, 그것은 일방적인 학살이라고 불러야 했다.

물론 그 주체가 중국이 아니라 대한민국 국군이라는 것이 중요했다.

중국은 3년 전 심양 군구 병력이 침공을 시도하였으나 압록강을 수비하고 있던 국군에 막혀 전멸에 가까운 타격을 입었다.

그 결과로 심양 군구는 해체되고, 중국은 일곱 개의 군구 체제에서 통합군 체제로 바뀌게 되었다.

그런데 또다시 대한민국에 선전포고를 하며 대규모 병력을 동원해 침공을 시도하였다.

육군은 물론이고, 200여 대가 넘는 전투기들까지 동원된 대규모 전력이었다.

하지만 전투가 끝나고 가장 놀란 것은 중국이 아니었다.

중국과 2차 교전을 치른 대한민국이 오히려 더 놀랐다.

용감히 싸운 군인들은 물론이고, 숨죽이며 결과를 지켜보던 대한민국 국민들 모두 경악을 금치 못했다.

중국은 강대국이고, 한국은 그에 비해 약하다고 생각했던 고정관념이 무너지는 순간이었다.

대한민국 국군은 절대로 약하지 않았다.

아니, 강대국 중국의 군대를 맞아 압도적인 위용을 드러냈다.

살아 돌아간 중국군 전투기 조종사는 일방적으로 사냥을 당했다고 보고를 했고, 그러한 내용이 외부로 유출되어 세계를 경악하게 만들었다.

그때부터 대한민국 국민들은 막아낼 수 있다는 자신감을 가지게 되었다.

이기는 것이 아닌 막아낼 수 있다고 판단을 한 것은 아직도 중국에는 200만이 넘는 군인들이 있고, 또 3천 대가 넘는 전투기와 2만 대에 가까운 전차들이 있기 때문이었다.

즉, 중국과 대한민국의 전력 차이는 10:1.

대한민국이 압도적으로 불리한 상황이기에 앞서의 교전에서 일방적인 승리를 거두었음에도 승리할 수 있다는 생각보다는 막아낼 수 있다는 생각이 주류를 이루었다.

하지만 이것은 특수전력, 즉 숨겨진 전력이 포함이 되지 않은 평가였다.

물론 인구가 많은 중국이다 보니 특수부대의 수도 결코 적지 않았다.

하지만 그 속을 들여다보면 전력 평가는 무의미했다.

특수부대는 비대칭 전력이라고 해서 쉽게 그 전력을 판단하기가 어려웠다.

그리고 세계적인 특수부대를 칭할 때, 대한민국이나 구 북한의 특수부대는 상위에 꼽혔다.

그런 특수부대 중에서도 범상치 않은 실력을 갖춘 이들이 지금 작전을 벌이기 위해 준비하고 있었다.

웅성웅성.

영등포 당산동에 위치한 발전소.

이곳이 중요한 시설이기는 해도 군인들, 그것도 밤하늘에 번쩍이는 별들이 찾을 만한 시설은 아니었다.

그런데 오늘 이곳에 한 명도 보기 힘든 군 장성들이 몰려 들었다.

현재 대한민국은 전시 상태이기 때문에 군부대나 전선이 아닌 이곳에 군 장성들이 모여든다는 것은 뭔가 중요한 일이 있다는 것을 시사했다.

군 장성들의 움직임에 특종을 냄새를 맡은 기자들이 몰려들기는 했지만, 그 내막에 대해서는 전혀 알 수 없었다.

그도 그럴 것이, 이곳은 한반도에 산재해 있는 플라즈마 발전소 중 한 곳으로, 서울 전역에 전기를 공급하는 시설일 뿐이었다.

개성에서 발생한 테러 이후, 전국에 있는 주요 국가 시설에는 테러를 예방하기 위해 군인들이 경계를 서고 있었다.

사정이 그렇다 보니 기자들도 함부로 발전소 안으로 들어서려고 하지 않았다.

물론 특종을 좇아 무리하게 진입하려는 기자도 일부 있었지만, 엄중한 경계와 분위기에 눌려 금세 발길을 돌렸다.

그런 탓에 늦게 도착한 장군들은 기자들이 몰려들어 안으로 들어가는 데 곤욕을 치렀다.

여러 우여곡절을 겪은 후에야 장성들은 목적지인 발전소 지하 시설로 들어설 수 있었다.

그리고 그 순간, 장군들은 짧은 감탄성을 발했다.

"아!"

물론 사전 정보를 듣기는 했지만, 직접 눈으로 보는 것과는 비교할 수 없었다.

마치 영화에서나 봄직한 시설들에 하얀 가운을 입은 사람들이 분주하게 움직이는 모습은 마치 미래의 한 장면처럼 느껴졌다.

위잉! 위잉!

그때, 사이렌 소리가 요란하게 울리기 시작했다.

"무슨 일이지?"

장군 중 한 명이 사이렌 소리에 고개를 갸웃거리며 무슨 일인가 중얼거렸다.

— 지금부터 공간 도약 장치를 가동할 것이니, 통제실 내부에 있는 요원들은 모두 제자리에 앉아 만일의 사태에 대비를 해주시기 바랍니다. 다시 한 번 알려…….

사이렌 소리에 이어 경고 방송이 스피커를 통해 송출되었다.

군 장성들이 어찌할 바를 몰라 하며 머뭇거리고 있을 때, 그들을 부르는 이가 있었다.

"도착하셨습니까? 이쪽으로 오시기 바랍니다."

하얀 가운을 입은 수한이 당황하고 있는 군 장성들에게 인사를 건네며 자신을 소개했다.

"오늘 작전을 주도할 정수한이라고 합니다."

수한은 원자력발전소를 대체하는 것만으로는 한반도를 안전하게 지켜낼 수 없다고 판단 내려 화력발전소나 수력발전소가 있는 곳에도 플라즈마 발전소를 건설하여 지하 시설을 설치하였다.

장거리 텔레포트와 헬 파이어를 결합시킨 마법진과 이를 통제하는 설비를 한반도 곳곳에 건설하여 그 수가 무려 50여 곳이나 되었다.

그 말인즉, 50기의 탄도미사일을 한 번에 막아낼 수 있다는 의미였다.

물론 이 같은 시설을 구축하려면 엄청난 재화가 필요했다.

그렇지만 수한에게 돈이란 그리 가치 높은 것이 아니었다.

자신과 가족, 그리고 자신이 속한 집단의 안전이 가장 중요했으며, 그것이 바로 이번 생에서 수한이 가장 중요하게 생각하는 삶의 의미였다.

어차피 지금도 엄청난 재화가 들어오고 있었다.

수한이 소유한 라이프 메디텍이나 지킴이 PMC는 물론이고, 최대 주주로 있는 천하에너지와 천하조선 등에서 벌어들이는 돈은 수한이 평생 써도 다 소비를 하지 못할 지경이었다.

그게 아니더라도 수한의 머릿속에 들어 있는 것들 중 아무것이나 상용화를 시킨다면 수십, 수백억을 벌어들이는 것은 일도 아니었다.

급속 외상 치료제와 같은 신약을 개발하면 돈은 저절로 굴러 들어오기 때문이다.

아무튼 오늘 영등포 발전소에 군 장성들이 모인 것이나 수한이 천하에너지에서 관리를 하는 곳에 있는 모든 것은 조금 뒤 시작될 작전 때문이었다.

중국과 일본에 특수부대를 침투시켜 생산 시설을 파괴하는 작전을 실행하기 위해선 한반도를 비롯한 동북아시아를 지켜보는 눈을 치워야 했다.

그래야 특수부대를 두 나라에 안전하게 침투시킬 수 있기 때문이다.

처음 군에서는 이런 문제로 많은 고민을 하였다.

감시의 눈길을 피하기 위해선 한반도와 동북아시아를 감시하는 위성을 무력화시켜야만 했다.

그런데 그것이 어려운 문제였다.

한반도 상공에는 무수히 많은 인공위성들이 떠 있다.

이러한 인공위성들을 함부로 격추시켰다가는 큰 문제가 될 수 있었다.

중국과 일본의 인공위성들이야 어차피 전쟁 상황이고 적 대국의 시설이니 파괴한다고 해도 별문제가 될 것은 없었다.

하지만 미국이나 러시아 등 한국과 직접적인 문제가 없는 나라들의 위성은 달랐다.

문제는 그뿐만이 아니었다.

인공위성을 파괴하려면 궤도를 파악하고 공격을 해야 하는데, 현재 대한민국에는 그럴 만한 수단이 없었다.

2년 전, 탄도미사일을 요격할 수 있는 요격미사일을 개발하기는 했지만, 그것으로는 지상에서 200㎞ 이상 떠 있는 인공위성을 요격할 수는 없었다.

한데 군 장성들의 고민을 한 번에 날려 버리는 제안을 수한이 해주었다.

플라즈마 발전소 지하에 있는 방어 무기가 그 문제를 해결할 수 있다는 것이었다.

탄도미사일을 요격하듯 플라즈마를 인공위성이 떠 있는 곳에 쏘아 올리면 끝난다는 말이었다.

군 장성들은 직접 그것을 눈으로 확인하고 싶어 했고, 그런 이유로 지금 수한이 이곳 영등포 발전소에 나와 있는 것이다.

일단 적의 눈을 가려야 하기에 중국과 일본의 인공위성은 물론이고, 한반도 상공에 있는 모든 인공위성을 파괴할 생각이다.

물론 대한민국의 인공위성을 제외한다는 것은 두말할 필요도 없겠지만 말이다.

"그런데 이것의 최대 사거리가 5,000㎞라고 들었는데, 그럼 그 이상 높은 곳에 있는 위성들은 어떻게 할 것이오?"

정승환 대장의 질문에 수한은 빙그레 미소를 지으며 대답을 하였다.

"그건 걱정하지 마십시오. 그것들을 처리할 방법은 따로 있습니다."

수한은 잠시 뜸을 들이고는 다시 이야기를 이어 나갔다.

"저희 지킴이 PMC에서는 정부의 허가를 받아 인공위성을 운용하고 있습니다. 그리고 그중에 저희 위성을 보호하기 위한 장치들도 갖춰져 있습니다."

수한이 지킴이 PMC가 운용하는 인공위성에 대하여 언급하자 정승환 대장은 뭔가 이상함을 느꼈다.

"설마 우리 나리에도 킬러위성이 있다는 말이오?"

수한은 SDI를 적은 비용으로 비슷한 효과를 낼 수 있게 개량하였다.

그것이 바로 장거리 텔레포트 마법진에 헬 파이어 마법진을 접목시켜 탄도미사일을 중간에 요격하는 것이었다.

엄청난 초고온의 플라즈마 덩어리인 헬 파이어로 탄도미사일을 녹인다는 개념이었다.

그리고 텔레포트 마법진에 GPS 폭탄을 이용하면 같은 효과를 낼 수 있었다.

미국이 구상한 SDI보다 훨씬 저렴한 가격으로 그와 같은 효과를 낼 수 있다는 것만으로도 확실히 매력적인 무기였다.

하지만 그러한 무기가 있다는 것이 외부에 알려져 봐야 좋을 게 하나도 없었다.

아니, 앞으로도 끝까지 비밀로 남아 있는 것이 더욱 좋을 것이다.

아무튼 킬러 위성이란 자체적으로 무기를 가지고 날아오는 물체를 요격하거나 대상을 파괴하는 위성을 칭하는 것이었다.

이러한 킬러위성을 수한은 몇 년 전 비밀리에 만들어 한반도 상공에 띄워두고 있었다.

한반도를 위협하는 요소에 대해 방어하기 위한 수단으로서.

그리고 이를 비밀에 붙인 것은 아직 대한민국의 위정자들 중 믿을 만한 자들이 별로 없기 때문이었다.

그동안에는 나라를 지키기 위한 위치에 있는 군 장성이 되레 개인의 이익을 위해 군사비밀을 다른 나라에 넘기는 일이 부지기수였다.

그러니 당연히 킬러위성의 존재나 이곳 플라즈마 발전소 지하 시설에 대한 정보를 국가적 비상상황이 아니었다면 절대로 알리지 않았을 것이다.

"예, 있습니다. 다만, 그것은 이곳이 아닌 평양에 있는 지킴이 PMC 본사 지하 통제실에서 통제를 할 것입니다."

수한의 답변을 들은 많은 군 장성들은 경악을 금치 못했다.

그러나 그중 몇몇의 반응은 달랐다.

공군 참모총장인 문지섭 대장과 공군에 속한 장군들은 그저 말없이 고개를 끄덕였다.

"그럼 이야기는 이것으로 마치고 바로 작전에 들어가겠습니다. 모두 자리에 앉아주시기 바랍니다."

설명을 마친 수한은 한반도 상공의 대한민국의 인공위성

을 뺀 모든 인공위성들의 파괴를 천명하며 장성들에게 자리에 앉을 것을 권했다.

장성들이 모두 착석하자 이번에는 실내에 있는 연구원들에게 장거리 텔러포트 마법진을 활성화시키라는 명령을 내렸다.

이와 같은 작업은 비단 이곳 영등포 발전소 지하 시설뿐 아니라, 전국에 분포되어 있는 플라즈마 발전소 지하 비밀 시설에서 동시에 이뤄지고 있었다.

그리고 얼마 지나지 않아 한반도 상공에 떠 있던 인공위성들은 순식간에 사라졌다.

나사 하나, 볼트 하나 남기지 않은 채 말 그대로 완전히 소멸하였다.

한반도 상공에 떠 있는 각국 인공위성으로 인해 침투 작전에 대해 고심했던 장군들은 몇 분 지나지도 않아 작전이 완료되자 허탈한 기분이 들었다.

이들은 전면에 위치한 커다란 화면 속에서 이상한 기하학적 문양이 있는 공간에 붉은 플라즈마 덩어리가 나타났다 사라지길 몇 번 반복하는 것만 보았다.

그것이 끝이었다.

◆　　　◆　　　◆

　수한과 군 장성들이 영등포에 위치한 플라즈마 발전소 지하에 모여 있을 때, 평양에 있는 지킴이 PMC 지하 위성 통제실에서는 지킴이 PMC의 사장이 문익병과 위성을 통제하는 직원, 그리고 킬러위성을 운영하는 것을 감시하기 위해 파견을 나온 공군의 장교들이 일사불란하게 위성을 통제하고 있었다.

　5,000㎞ 이상 고도에 떠 있는 고고도 위성들을 처리하기 위한 작업 때문이었다.

　사실 지킴이 PMC가 운영하는 킬러위성은 미국이나 러시아 등의 고고도 위성들과 비슷한 고도인 38,000㎞ 상공에 떠 있었다.

　더욱이 다른 나라의 위성들이 포착하지 못하도록 스텔스 기능마저 활성화하여 은신을 하고 있었다.

　물론 지킴이 PMC에서 활용 중인 모든 인공위성들이 이와 같은 기능을 가지고 있으며, 몇몇 위성을 제외하고는 포착이 되지 않도록 위장을 하고 있었다.

　그렇기에 외부에는 그저 두 대의 인공위성만 사용 중인 것으로 알려진 것이었다.

"영등포의 디펜스 센터에서 5,000㎞ 미만 고도의 위성들을 처리하면 우린 그 위에 있는 위성들을 모두 처리한다."

문익병 사장은 긴장한 모습을 들키지 않게끔 보다 비장한 목소리로 말을 하였다.

"하나라도 놓친다면 동료들이 위험해진다. 그러니 우리 머리 위에 있는 것뿐만 아니라 한반도와 동북아시아를 볼 수 있는 모든 위성들을 처리한다."

혹시나 실수로 놓치는 위성이 있을지 몰라 문익병 사장은 한 번 더 강조를 하며 위성 통제를 담당하는 직원에게 주의를 주었다.

막말로 전쟁 당사국인 일본이나 중국의 위성을 파괴하는 것은 문제가 되지 않겠지만, 미국이나 러시아 등의 나라는 직접적인 연관이 없기에 만약 그들의의 위성을 파괴했다는 사실이 알려진다면 정말로 대한민국은 홀로 전 세계 국가들과 전쟁을 치러야 할지도 모를 일이었다.

사실 문익병 사장은 이런 계획을 세운 수한이나 군의 계획을 반대하는 입장이지만, 현 시점에서 대한민국이란 나라가 살아남기 위해선 어쩔 수 없다는 수한의 설득에 넘어갔다.

그 또한 여러 곳에서 들어오는 정보를 받아보았기에 대한 민국의 처지를 잘 알고 있었다.

얼마나 힘이 들면 민간 기업에 군이 손을 내밀었겠는가. 군대란 곳은 본래 어떠한 어려움이 있더라도 자존심을 꺾지 않았다.

그런데도 이번에는 자존심을 버리고 손을 잡은 것이다.

그러니 절대 실수가 있어서는 아니 될 일이다.

— 작전 시간 10분 전입니다.

통제실 스피커에서 안내 방송이 흘러나왔다.

꿀꺽!

누군가의 마른침 삼키는 소리가 커다랗게 들렸다.

조금 전까지만 해도 어느 정도 어수선한 모습이 보였지만, 안내 방송이 나온 후로 위성 통제실 내부는 침묵에 휩싸였다.

조용한 가운데 시간은 흐르고, 드디어 카운트다운이 시작되었다.

— 10, 9, 8… 3, 2, 1, 0.

카운트가 끝나고 위성을 통제하던 지킴이 PMC 직원들은 저마다 자신이 맡은 임무를 아무런 망설임 없이 수행하였다.

"러시아 위성 다섯 대 격추 완료!"

"중국 위성 열세 대 격추 완료!"

"일본 위성 열한 대 격추 완료!"

킬러위성을 조작하여 한반도 상공에 떠 있는 위성들을 격추시킨 직원들은 자신의 임무가 완료되자 곧바로 보고를 하였다.

"미국 위성 열 대 격추 완… 미국 위성 한 대가 권역 안으로 접근합니다!"

미국의 위성을 담당하던 직원이 격추 완료 보고를 하려다 말고 급하게 외쳤다.

고고도에 정지해 있는 정지 위성들을 모두 격추시켰는데, 마침 미국의 인공위성 중 지구를 중심으로 공전하는 궤도 위성이 접근하고 있는 것을 뒤늦게 포착한 것이다.

"권역 안으로 들어왔다면 어서 파괴해!"

문익병 사장은 직원의 보고에 다급하게 파괴 명령을 내렸다.

만약 지금 접근하고 있는 미국의 궤도 위성에서 한반도 상황을 보고라도 한다면 문제가 될 소지가 있었다.

갑작스럽게 한반도와 동북아시아를 감시하던 위성들이 먹통이 되었는데 그것을 확인하지 않을 미국이 아니기 때문이었다.

만약에 한반도 상공에 있던 위성들이 모두 파괴된 사실을 알게 된다면 미국은 그 사실을 그냥 그대로 받아들이지 않을 것이고, 분명 이 문제를 가지고 동북아시아의 전쟁에 끼어들게 될 것이었다.

여기서 미국이 어느 나라를 적대국으로 상정할지는 뻔했다.

핵무기를 다량 보유한 중국을 겨냥하기보다는 현재 수세에 몰린 대한민국을 중국, 일본과 손을 잡고 공격을 할 것이다.

그러는 것이 그들의 입장에서는 훨씬 간단하고 핵전쟁으로 번지는 것을 막을 수 있기 때문이다.

물론 그건 워게임을 통해 도출한 최악의 상황이지만, 미국은 자신들의 판단을 100% 신뢰했다.

대한민국의 입장에서는 비밀 무기가 있어 핵전쟁을 할 이유가 없음에도 미국은 그러한 사실을 알지 못하기에 그저 자신들이 파악한 바에 따라 행동할 것이다.

인류 최악의 순간을 모면한다는 명목으로 위성을 파괴한 범인에 대하여 조사를 하기보다는 정보를 조작하여 아예 대한민국을 국제 테러 단체로 몰아 응징을 하려고 할 것이 분명했다.

그런 까닭에 문익병 사장은 그런 상황이 닥치지 않도록 지금 나타난 미국의 위성까지 파괴할 것을 지시한 것이었다.

"완료하였습니다."

조금 전 보고를 하던 직원은 문익병 사장의 지시가 있자마자 바로 자신이 조정하던 위성을 조작하여 방금 나타난 미국의 궤도 위성을 파괴하였다.

"휴……"

문익병 사장은 그제야 안도의 한숨을 쉬었다.

불과 몇 초 되지 않는, 짧은 시간이었지만, 온갖 생각이 머릿속을 스치고 지나갔다.

죽음의 위기를 겪은 사람들이 말하는 것처럼 문익병 사장은 그 짧은 시간에 주마등을 보았다.

'휴, 이래서 사람들이 큰일을 치르고 나면 늙는 것 같다고 하는구나……. 그나저나 그동안 내가 아내에게 너무도 잘못을 했구나.'

많은 기억이 눈앞을 스쳐 지났지만 그중 가장 후회가 되는 것은 바로 자신의 아내에 대한 일이었다.

젊을 때 중매로 만나 결혼해 별다른 다툼 없이 지금껏 결혼 생활을 해왔다. 자식들을 낳아 장성하고, 결혼을 시키고…… 그동안 문익병 사장은 스스로 무난하게 살아왔다고 생각했다.

하지만 지금에 와서 인생을 돌아보니 아내를 너무도 외롭게 방치했다는 생각을 하게 되었다.

중매로 만나 별다른 애정이 있는 것도 아니었기에 의무적으로 결혼 생활을 영위하며 가정보다는 오히려 회사의 일에 매달렸다.

치열한 경쟁에서 이겨 사회적 지위를 높이는 일에 매진하였다.

그런 자신을 묵묵히 아무런 불만 없이 내조해 온 아내. 직장에서 해고되어 한동안 방황하던 자신을 다잡아준 것도 사실 아내였다.

그런데 그런 아내에게 아직까지 고맙다는 말, 사랑한다는 따뜻한 말 한마디 해본 기억이 없었다.

"휴, 이번 전쟁이 끝나면 그만 자리에서 물러나야겠군."

문익병 사장은 다른 사람이 듣지 못하도록 작게 중얼거리며 차후 전쟁이 끝난 뒤의 거취를 결정하였다.

지금껏 앞만 보고 달려왔는데, 조금 전 주마등을 겪으며 딱 하나 후회되는 일을 해결하기 위해 이제는 지킴이 PMC

사장이라는 자리를 내려놔야겠다고 결심했다.

세계 최고의 PMC로 키우겠다는 처음의 포부도 지금 이 순간엔 그저 그랬다.

굳이 자신이 아니더라도 지킴이 PMC는 조만간 세계 최고가 될 것이라 생각했다.

문익병은 수한이 주고 간 숙제를 완벽하게 끝내며 자신의 거취를 결정하였다.

제주도 서귀포.

해군 기지가 있는 서귀포 강정 마을은 때 아닌 사람들의 방문으로 무척이나 북적였다.

한때 해군 기지 건설을 두고 시위도 벌어지고 말들이 많았지만, 지금 전쟁이 벌어진 입장에서 이곳 제주 기지는 무척이나 중요한 곳이 되었다.

현재 이곳에는 대한민국 해군 전력의 50%가 모여 유사시 동해를 지키는 1함대를 지원하거나 중국의 함대를 상대하기 위해 대기를 하고 있는 중이었다.

그런데 얼마 전부터 추가로 1만 명이나 되는 대규모 인원이 배치되었다.

그들은 군인이 아니지만 강정 마을 사람들은 군인이라 믿었다.

그도 그럴 것이, 해군 기지 안에서 밖으로 나왔기 때문이다.

그래서 강정 마을 사람들은 이들이 해병대 병력의 일부가 아닌가 하는 생각을 하였다.

그래서 이들이 거리를 돌아다닐 때면 조심을 하면서도 친절하게 대했다.

조심하는 이유는 오래전부터 대한민국 해병대에 대한 안 좋은 인식 때문에 그런 것이었고, 친절하게 대하는 것은 이들이 전쟁 중에 가장 위험한 곳에 투입이 될 것이라 생각하기에 그런 것이었다.

사실 중국, 일본과 전쟁을 치르고는 있지만 아직 최전방에 있는 사람들을 제외하고는 현재 상황을 잘 인식을 하지 못하고 있었다.

뉴스를 통해 전방에서 교전이 벌어졌다는 소식을 들을 때면 나라가 전쟁 중이구나 하는 생각을 할 따름이었다.

그런데 얼마 전부터 제주도에 군인 같은 복장을 한 사람들이 늘어나면서 제주도 주민들은 긴장을 했다.

이곳 제주도가 드디어 전쟁 가시권에 들어간다는 느낌 때문이었다.

확실히 제주도는 중국이나 일본과 참으로 가까운 곳에 위치해 있었다.

전에는 관광 특별 구역이라 해서 많은 관광객들이 몰려와도 그저 그런가 보다 하고 생각했는데, 전쟁을 치르는 와중에도 별다른 생각을 하지 않다가 군인들이 제주도에 몰려들자 이제야 긴장이 된 것이다.

그런 제주 주민들의 마음을 아는지 모르는지, 해군 기지 한쪽에 있는 건물에선 늦은 시각에도 불이 꺼지지 않고 있었다.

"작전 명령이 떨어졌습니다."

해군 정복을 입은 장성들이 모여 있는 자리에 대령 계급을 단 장교가 급히 달려와 보고를 하였다.

그런 장교의 말에 침묵을 하고 있던 해군 장성들, 그리고 한쪽에 앉아 있던 일반인 몇 명이 짧게 신음을 터뜨렸다.

"음······."

"드디어 출전을 하게 되었군요."

해군 장성들과 함께 자리를 하고 있던 지킴이 PMC 부사장인 리철명이 짧게 한마디를 내뱉었다.

그동안 리철명과 지킴이 PMC 직원들은 IS와의 전쟁을 중단하고 비밀리에 제주도 해군 기지로 돌아와 대기하고 있었다.

IS를 섬멸하는 것보다 더 중요한 임무가 있기 때문이었다.

수한은 이번 계획에 대해 사전에 리철명에게 알려주었다.

물론 리철명 또한 부사장이란 위치에 맞게 지킴이 PMC 본사로부터 정보를 전달 받았기에 직원들을 아무런 혼란 없이 준비시킬 수 있었다.

사실 만여 명이나 되는 인원을 아무런 소란 없이 통제한다는 것은 여간 힘든 일이 아니었다.

더욱이 이들이 있던 곳은 머나먼 중동이었다.

대규모 병력이 주둔을 하다 빠져나오게 되면 어디선가 정보가 새어 나갈 수 있었다.

물론 아주 아무런 말이 흘러나오지 않은 것은 아니다.

다만, 이들이 어디로 빠져나갔는지 적이 알 수 없게 하는 것이 중요했다.

이들이 이렇게 작전을 중단하고 빠져나올 수 있던 것은 현재 지킴이 PMC에 의해 IS가 거의 몰락 직전에 처했기에 가능했다.

지킴이 PMC가 철수를 했다고 괜히 나대다가는 미국을 비롯한 유럽의 각국들이 IS를 뿌리 뽑기 위해 움직일 것이기 때문이다.

특히 유럽 강대국들은 IS에 대해 이를 갈고 있었다.

유럽으로 유입되는 난민들 틈에 섞여 각국을 테러한 IS에 대한 분노는 어려운 경제 여건 속에서도 20여 년 가까이 전쟁을 이끌어온 요인이었다.

그러니 이참에 세가 줄어든 IS를 징치하기 위해 미국을 비롯한 유럽의 동맹국들은 기를 쓰고 추적할 것이다.

지킴이 PMC는 그런 이유로 더 이상 IS를 섬멸하지 않고 철수를 한 것인데, 사실 그 안에도 모종의 뜻이 담겨 있었다.

현재 대한민국은 전 세계를 상대로 외줄 타기를 하는 중이었다.

전 세계는 대한민국이 전세가 기울면 핵무기를 사용할 것이라고 판단을 내린 상태였다.

그렇기에 아주 작은 기미만 보여도 제재를 가하려 하고

있었다.

막말로 먼저 한반도에 핵무기를 발사해 초토화시킨다면 그런 위험이 없을 것이라 생각을 하는 이도 있었다.

그렇기에 수한은 IS를 섬멸시키려다 일단 중단시킨 것이다.

유럽과 미국의 시선을 한반도가 아닌 IS가 있는 중동으로 묶어두고, 그사이 대한민국은 중국과 일본에 대한 작전을 수행하려는 계획이었다.

어떻게 보면 중국과 일본에 대한 테러 행위라 할 수도 있겠지만, 대한민국은 현재 엄연히 두 나라와 전쟁을 하는 중이었다.

그러니 테러라고 규정지을 수는 없는 일인 것이다.

물론 전쟁 후의 국제 관계를 따져 봤을 때 불필요한 민간인 피해가 나오면 안 되겠지만, 필요한 일이라면 어쩔 수 없는 해야만 했다.

전쟁 상대국 국민의 안전보단 대한민국의 국민의 안정이 더욱 중요하기 때문이었다.

그랬기에 리철명 부사장은 수한의 지시로 IS와의 전투를 중단하고 은밀하게 시리아를 빠져나왔다.

그러고는 인근에 대기하던 대한민국 해군 기동전단의 도

움을 받아 제주도 해군 기지에 들어온 것이었다.

그렇게 제주도에서 대기를 한 지도 벌써 일주일이나 되었다.

그사이 국제 정세는 많은 변화를 보이고 있었다.

한국에 대한 국제 신용도는 최악으로 떨어졌으며, 반대로 중국과 일본에 대한 채권의 가치는 엄청 뛰어올랐다.

그것만 봐도 동북아시아의 세 나라가 치르고 있는 전쟁의 판도가 어떻게 흘러갈지는 충분히 알 수 있었다.

하지만 알려진 바와 다르게 대한민국은 중국과 일본을 상대로도 그리 밀리지 않고 있었다.

아니, 한 번의 대승과 소규모 국지전에서도 대한민국은 중국에 대하여 연전연승을 거두고 있었다.

외부에서 보기에는 불안한 승리겠지만.

세계의 시각으로는 간신히 산소호흡기로 생명을 연명하고 있는 중환자 정도라 치부될 뿐이었다.

사정이 그렇다 보니 대한민국에 대한 신용 등급은 전쟁의 상황과 관계없이 날로 떨어지는 중이었고.

"위험한 일인데, 가능하겠습니까?"

제주 해군 기지 사령관인 최해룡은 걱정 어린 눈으로 리철명을 돌아보았다.

이미 그들의 능력이야 강감찬 제독으로부터, 그리고 군에 들어오는 지킴이 PMC의 정보를 통해 잘 알고 있지만, 그래도 전쟁 중인 적진에 이들만 보내는 것이 못내 걱정이 되는 것이었다.

비록 자신의 직속 부하는 아니지만, 나라를 위해 희생을 자처하는 이들에 대한 최해룡의 마음은 자신의 부하들에 대한 걱정 못지않았다.

"걱정하지 마십시오. 저희는 일당백, 아니, 일당만입니다. 저 무도한 IS도 그렇지만, 중국과 일본 또한 우리 대한민국의 저력을 확실하게 알게 될 것입니다. 그리고 일본의 뒤에서 이익을 저울질한 미국에도 더 이상 우리가 그들에게 목매는 나라가 아니라는 것을 확실히 보여줄 것입니다."

리철명은 오래전 북한을 탈출하였지만, 미국에 대한 적개심을 아직 사라지지 않았다.

아니, 탈북을 하고 대한민국에 오래 있다 보니 더욱 절실하게 깨닫게 되었다.

북한의 사상 교육이 100% 맞지는 않지만 그렇다고 또 완전히 틀린 말도 아니었다.

미국은 겉으로는 대한민국과 동맹이라고 주장하면서도 언제나 제 이익만 좇았다.

그리고 그런 미국에 꼬리를 흔드는 위정자들이 있어 국민들을 호도하고 선동하여 여론을 형성하였다.

그런 탓에 국민들은 올바른 길로 나아가지 못했다.

북한은 북한대로, 또 남한은 남한대로 이상한 방향으로 내몰려 한민족끼리 상투를 잡고 피를 흘리며 싸웠다.

하지만 이제는 알 수 있었다. 미국이 어떤 생각으로 대한민국을 대하고 있는지를 말이다.

말로는 세계 평화를 부르짖지만, 사실은 아니었다.

동북아시아에서 벌어지는 전쟁을 그냥 지켜볼 것이 아니라 적극적으로 개입하여 중재를 해야 했다.

그렇지만 미국은 중재를 하기보단 한 걸음 물러나 관망했고, 대한민국을 벼랑 끝으로 몰아세웠다.

더 이상 미국은 대한민국의 동맹이 아니었다.

과거에 도움을 받은 적은 있지만, 그뿐이었다.

그에 대한 대가는 미국의 무기를 사고 또 주한미군의 범죄에 대한 기소권을 포기하는 것으로도 차고 넘쳤다.

그러니 더 이상 과거에 연연할 필요가 없었다.

일부 위정자들은 아직도 동맹, 아니, 혈맹이라 떠들며 미국에 중재를 부탁해야 한다고 떠들지만, 이미 미국은 자신들의 입장을 확실하게 전 세계에 발언하였다.

존 슈왈츠 대통령의 기자회견으로 인해 대한민국은 이제 더 이상 미국에 의존할 수도, 전 세계에 구원의 손길을 바랄 수도 없게 되어 자력으로 국난을 극복해야만 한다.

물론 리철명이 알고 있는 무기만으로도 충분히 중국과 일본 연합에 대하여 방어가 가능하고, 작전만 잘 세운다면 승리도 가능했다.

곁에서 수행하면서 리철명은 수한이 벌이는 일을 모두 알고 있었다.

수한이 준비해 둔 것을 모두 활용한다면 미국과 전쟁을 벌여도 지지 않을 것이라 생각하는 리철명이었다.

그러니 이번 작전에 대해서도 전혀 염려를 하지 않고 있었다.

"정수한 박사님은 모든 것을 알고 계획하였습니다. 그분이 준비한 것들이 하나둘 진행되고 있으니 걱정하지 마십시오."

뭔가 요상한 말이지만, 리철명의 확신에 찬 태도에 최해룡 사령관은 고개를 끄덕였다.

"그럼 리철명 부사장의 말을 믿어보겠습니다. 그럼 우리도 준비를 하시지요."

이미 해군 기지 안에는 비밀 작전을 수행하기 위해 많은 인원들이 대기하고 있었다.

지킴이 PMC 본사에서 위성을 모두 파괴하면 이곳에서 대기하고 있던 지킴이 PMC 직원들은 잠수함과 스텔스 헬리콥터인 KH—1을 타고 일본에 잠입할 것이다.

그리고 마찬가지로 지킴이 PMC 본사에서 대기하고 있는 직원들도 중국으로 침투해 들어갈 계획이었다.

지킴이 PMC 직원들은 각자 자신들이 맡은 임무에 따라 팀 단위로 흩어져 중국과 일본의 군수시설과 방위산업체들을 파괴할 것이고, 그로 인해 보급에 문제가 발생한다면 중국과 일본의 선택은 단순해질 수밖에 없었다.

전쟁을 중단하거나, 아니면 남은 힘을 모아 최후의 결전을 벌이는 것이 바로 그것이었다.

그리고 중국은 모르겠지만, 일본의 결정은 단 한 가지로 예상되었다.

이번 전쟁을 획책한 일본의 위정자들은 결코 이대로 전쟁을 중단하지 않을 것이다.

아니, 선전포고만 하고 아무런 행동을 취하지 않은 상태에서 이대로 상황이 끝났다면 전쟁을 선동한 이들은 결코 살아남지 못할 것임을 잘 알기에 어떻게든 최후의 도박을 감행할 것이다.

수한은 그러한 일본의 속내를 읽고 일부러 상황을 몰아가는 중이었다.

일본에 대하여 연구를 하면 할수록 그들의 습성이 대한민국에 절대 이롭지 않다는 것을 깨달을 수 있기 때문이었다.

아무리 좋은 뜻으로 손을 내밀어도 일본은 절대로 받아들이지 않았다.

오히려 어떻게든 대한민국을 밟고 올라서려고 음모를 꾸밀 것이다.

그렇기 때문에 수한은 이번 기회에 일본을 더 이상 회생하지 못하게 철저하게 무너뜨릴 계획이었다.

5.
일본 공업지대를 폭파하라!

미국 버지니아 주 앨링턴.

이곳에서 가장 유명한 것은 뭐니 뭐니 해도 미국의 국방부 건물인 펜타곤이라 할 수 있었다.

3만 명이 넘는 인원이 근무하며 하루 24시간 내내 깨어 있는 펜타곤이지만, 그럼에도 지금은 무척이나 어수선하였다.

그도 그럴 것이, 펜타곤이 관리하던 인공위성 중 일부가 행방불명되었기 때문이다.

그것도 현재 지구상에 가장 위급한 지역에 배치되어 있던 인공위성들이 먹통이 된 상황이었다.

"어어! 안 돼!"

어수선한 위성 통제실 내부에 어디선가 외마디 비명 소리가 들렸다.

"존스, 무슨 일이야!"

대령 계급장을 달고 있던 한 남자가 방금 비명을 지른 남자를 돌아보며 소리쳤다.

그렇지 않아도 위성이 행방불명된 것 때문에 신경이 날카로워진 이때, 소란을 피우는 존스의 모습이 여간 신경 쓰이는 것이 아니었다.

그 때문에 평소와는 다르게 조금 큰 소리가 나왔다.

하지만 그런 마크 그린 대령의 모습에 신경을 쓰는 사람은 아무도 없었다.

다들 행방불명된 인공위성을 찾기 위해 동분서주할 뿐이었다.

"알파—13이 행방불명되었습니다."

그린 대령의 큰소리에 넋이 나간 듯한 그레이 존스 중위의 목소리가 들려왔다.

"뭐라고? 다시 한 번 말해봐. 뭐라고 했어?"

"예. 방금 전 알파—13이 행방불명되었습니다."

다시 들어봐도 잘못 들은 것이 아니었다.

그린 대령은 하늘이 노랗게 변하는 것만 같은 기분이 들었다.

동북아시아를 감시하기 위해 해당 상공에는 다섯 대의 인공위성이 배치되어 있었다.

그런데 다섯 대 모두 갑자기 행방불명이 되어버렸다.

행방불명이란 말은 인공위성에 대한 통제권을 상실했거나 그와 유사한 상황, 즉 파괴 또는 연락 두절의 상황을 말한다.

물론 전혀 불가능한 일은 아니지만, 문제는 그게 아니었다.

어떠한 전조도 없이 그것도 다섯 대가 동시에 한꺼번에 사라졌다.

사실 마크 그린 대령은 그레이 존스 중위에게 지시를 내려 알파—13 위성을 이용해 행방불명된 위성들의 상태를 확인하려고 하였다.

그런데 이동하던 알파—13마저 연결이 끊긴 것이다.

행방불명된 위성 다섯 대의 행방도 문제지만, 방금 전 행방불명된 알파—13은 앞서 다섯 대의 위성과는 차원이 다른 물건이었다.

다섯 대의 인공위성이 그저 지상의 정보를 취득하거나 감시하는 첩보 위성이라면 알파—13은 훨씬 비싼 킬러위성이기 때문이었다.

미국은 2차 세계대전이 끝난 후, 급격히 팽창하는 소련과 군비경쟁을 하였다.

공산주의로 무장한 소련과 그들의 동맹, 그리고 민주주의와 자본주의로 대변되는 미국과 동맹들.

전 세계가 두 개의 진영으로 나뉘어 첨예한 대립을 해나갈 때 미국과 소련은 상대보다 우위에 서기 위해 무기 개발에 매진하였다.

그중에는 2차 대전을 종식시킨 핵무기도 있고, 장거리미사일에 대한 연구도 있었다.

미사일과 핵무기를 결합한 대륙간 탄도미사일(ICBM)또한 이때 나온 경쟁의 산물이었다.

그러다 결국 히로시마와 나가사키에 떨어진 원자폭탄의 1,000배가 넘는 핵폭탄과 수소폭탄 같은 엄청난 파괴 무기마저 개발해 내고야 말았다.

그제야 미국과 소련은 공포에 떨었다.

자칫 잘못했다가는 인류의 멸절이 현실화될 것이기 때문이었다.

그래서 미국과 소련은 부랴부랴 협정을 맺게 되었다.

이후 양국은 핵무기 개발 경쟁을 종식시키는 한편, 상대의 핵무기를 효과적으로 막아낼 수 있는 방어 무기를 개발하기 시작했다.

그렇게 해서 나온 것이 일명 스타워즈 프로젝트라 알려진 SDI(Strategic Defense Initiative)였다.

하지만 SDI는 개발과 유지에 막대한 예산이 필요했다.

그러던 차 1993년 소련이 해체되면서 SDI도 중단되었다.

하지만 미국 국방부는 프로젝트의 일부를 계속해서 진행하였다.

그것이 바로 TMD(전역 미사일 방어) 프로젝트였다.

요격미사일과 비행기에 탑재한 고출력 레이저를 이용해 탄도미사일을 무용지물로 만든다는 계획이 바로 그것이었다.

하지만 펜타곤은 그에 그치지 않고 비밀리에 SDI 프로젝트의 일부 킬러위성을 계속해서 유지하였고, 오랜 연구 끝에 완성할 수 있었다.

제우스 프로젝트라 명명된 프로젝트는 SDI가 너무도 이상에 치우쳐 경제적인 측면을 고려하지 않은 것에 반해, 현재 개발된 기술을 바탕으로 최대한 유지비를 절감할 수 있는 방법을 개발하여 유지비를 낮췄다.

원자로가 아닌, 고성능의 태양 전지를 이용해 활용하는 방식이었다.

따로 연료를 보충할 필요도 없고, 그저 킬러위성을 우주 공간에 띄우기만 하면 끝이었다.

위성의 수명이 끝날 때까지 더 이상의 유지비가 필요 없는 것이다.

물론 고장이 났을 때는 우주선을 띄워 수리해야겠지만, 그것만으로도 SDI 계획보단 훨씬 비용이 저렴해졌다.

물론 단점도 존재했다. 에너지를 충전하는 데 한계가 있고, 모두 소비하면 다시 충전이 될 때까지 위성에 장착된 무기를 사용할 수 없다는 점이었다.

그럼에도 펜타곤은 제우스 프로젝트를 계속해서 추진하면서 이런 약점을 숫자로 메우려 하였다.

알파—13은 이런 제우스 프로젝트의 결과물로 열세 번째 위성이란 뜻이었다.

한데 그런 위성이 행방불명이 된 것이다. 여타 군사위성과는 궤를 달리하는 알파—13을 잃어버렸으니 그린 대령은 자신의 미래가 뻔하다고 판단했다.

위성 다섯 대를 잃어버린 것만으로도 큰 처벌을 받을 일인데, 거기에 특급 비밀인 알파―13까지 잃어버렸으니, 그는 패닉에 빠져 아무런 생각도 떠올리지 못했다.

"제길, NASA에 연락해!"

한참 멍하니 있던 마크 그린 대령은 가까스로 정신을 차리고는 지시를 내렸다.

위성을 잃은 것은 어쩔 수 없는 상황.

어차피 자신이 통제할 수 있는 수단이 없으니 거기에 계속 매달려 있는 것은 바보짓이고, 차라리 그보다는 동북아시아의 전쟁 상황을 지켜보는 것이 더 중요하다는 판단을 내린 것이다.

비록 국방부가 통제하는 위성들을 잃어버렸지만, 그래도 NASA에서 운영하는 위성은 남아 있을 것이라는 판단에서였다.

"예썰!"

그레이 존스 중위는 얼른 자신의 앞에 놓인 컴퓨터를 조작하여 NASA와 연결하였다.

"연결하였습니다."

NASA와 연결되자 그린 대령은 교신을 시작했다.

"여기는 펜타곤 위성 통제실의 마크 그린 대령입니다."

― 펜타곤에서 무슨 일로 저희에게 통신을 한 것입니까?

"현재 동북아시아를 감시하던 위성들이 행방불명되었습니다. 그러니 NASA에서 운용하는 위성 중 동북아시아 지역을 볼 수 있는 위성이 있다면 협조를 부탁드립니다. 이것은 인류의 생존이 걸린 문제이니, 꼭 좀 부탁드립니다."

다른 때라면 이렇게까지 저자세로 부탁을 하지 않았을 테지만, 현재 위성을 잃어버린 탓에 펜타곤은 동북아시아 3국의 전쟁 상황을 전혀 알 수가 없었다.

이는 결코 좌시할 수 없는 문제였다.

그렇기에 마크 그린은 NASA에 협조 요청을 하면서도 또 다른 곳으로 연락을 취했다.

하지만 그곳 또한 펜타곤 위성 통제실과 전혀 다를 바 없는 상황이었다.

한반도를 비롯한 동북아시아 상공에 있던 인공위성들 중 현재 유지되는 것은 대한민국이 쏘아 올린 위성들이 유일했다.

다른 국적의 위성들은 사용 목적에 관계없이 모두 파괴된 것이다.

그 때문에 해당 국가들은 물론이고, 위성을 소유한 기업들도 난리가 났다.

그로 인해 세계 경제가 출렁이기 시작하였다.

물론 대한민국이 죽느냐 사느냐 하는 판국에 그런 것까지 신경 쓸 겨를은 없었다.

그보다는 승전이 중요했기에 수한은 애써 무시를 하였다.

일본 후쿠오카 기타큐슈에 위치한 기타큐슈 공업지대는 간몬 해협과 도카이 만 안쪽까지 동서로 30㎞에 이르는 임해 공업지대다.

1897년 야하타에 관영 제철소가 준공된 후, 제철공업을 중심으로 발달하여 일본의 4대공업지대로 꼽히게 되었다.

기타큐슈 공업지대의 주요 생산품은 철강, 화학, 기계, 요업, 금속 제품, 그리고 섬유순으로 구성되어 있는데, 그중 철강이 40%를 차지하고 있었다.

하지만 최첨단 석유화학공업 기술을 갖추지 못하면서 이곳은 원료 공급지로 전락했다. 게다가 중국과의 관계가 끊기며 위세가 줄어들어 오늘날에는 일본 4대공업지대라는 자리에서 탈락하기도 하였다.

물론 그렇다고 이곳이 중요하지 않다는 것은 아니었다.

2020년 이후 많은 투자를 받아 새롭게 떠오르기 시작하였는데, 일본이 자위대를 군으로 승격시키면서 무장에 필요한 철강을 이곳에서 제련했기 때문이다.

미쓰비 그룹의 대대적인 투자를 바탕으로 군함, 전차, 그리고 전투기를 생산하는 데 필요한 철강을 생산하는 곳으로 발전한 것이다.

그렇기에 대한민국 전시 작전 사령부에서는 이곳을 먼저 파괴해야 한다는 작전을 수립하였다.

비교적 가까운 곳은 KH—1 벤시를 이용해 침투를 하고, 먼 지역은 잠수함을 통해 작전을 수행하기로 했다.

제주에서 일본 인근 100㎞까지 해모수함으로 이동하고, 그곳에서 다시 스텔스 헬리콥터인 KH—1 벤시로 이동을 한다는 작전이었다.

물론 대한민국 해군 최초의 순양함인 해모수함도 레이더를 회피하는 스텔스 기능을 가지고 있기에 일본 해상 100㎞까지 접근을 해도 아무도 눈치채지 못할 것이다.

아무튼 이렇게 가까운 곳은 헬리콥터를 이용하여 침투하고, 한신 공업지대나 주쿄, 게이한 공업지대같이 먼 곳은 하백급 잠수함에 탑승하여 이동하기로 하였다.

하백급 잠수함은 대한민국의 주력 잠수함인 1,800톤급 손원일함이 중국이나 일본의 잠수함 전력에 비해 너무도 떨어진다는 판단하에 새롭게 취역시킨 잠수함이다.

이전 주력 잠수함이던 209급 장보고함이나 214급 손원일함이 독일 HDW 사의 기술을 도입하여 제작된 것이라면, 하백급 잠수함은 그동안 해군이 두 잠수함을 운용하면서 얻은 노하우와 보완해야 할 사항들을 고려해 개발한 잠수함으로, 배수량이 3,500톤이나 되었다.

이 하백급 잠수함에는 해모수함에 채용된 플라즈마 발전기가 달려 있는데, 이것은 핵잠수함에 견주는 잠항 능력을 가지게 해주었다.

그리고 무엇보다 플라즈마 발전기는 소음이 없기에 지금까지 개발된 잠수함 중 가장 조용하다는 미국의 오하이오급 핵전략잠수함보다 더 은밀성이 뛰어났다.

또 한 가지 하백급 잠수함이 여느 잠수함과 다른 점이 있는데, 그것은 바로 잠수함 통제를 위해 인공지능 컴퓨터를 사용한다는 것이었다.

인공지능 컴퓨터가 선체에 있는 각종 무기와 전자 기기를 통제함으로써 잠수함 운용에 필요한 승조원을 획기적으로 줄일 수 있었다.

사실 대한민국 해군에는 뛰어난 인력들이 많았다.

하지만 그렇다 해도 운용할 수 있는 함정은 한계가 있어 중국과 일본을 견제하기에는 부족한 것이 현실이었다.

하여 그런 문제를 해결하기 위해 해군은 특단의 조치로 무지막지하게 비싼 인공지능 탑재 잠수함을 선택하였다.

옛말에 외상은 소도 잡아먹는다고 하였다.

천하조선은 뛰어난 성능에도 불구하고 해군이 하백급 잠수함 도입을 쉽게 결정하지 못하자 특단의 조치로 장기 상환으로 계약을 맺었다.

해군의 고민를 알게 된 정대한 회장이 장기 상환을 할 수 있게 계약서를 작성한 것이다.

덕분에 해군은 원래 계획한 숫자보다 많은 열다섯 척를 구매하였다.

물론 이건 최종적으로 추가 구매를 해서 그런 것이고, 원래 해군에서는 여덟 척의 잠수함을 구매하려고 하였다.

중국과 일본은 날로 팽창하면서 잠수함 전력에서도 신형, 대형으로 추가 건조를 하고 있는데, 대한민국은 겨우 1,800톤의 잠수함을 운용 중이었다.

그래서 부랴부랴 전력을 맞추기 위해 3,500톤 급의 하백함을 도입한 것이다.

하지만 하백함이 비록 3,500톤급이라고는 하지만 도입 가격은 결코 적지 않았다.

이전 주력 잠수함이던 214급 아홉 척의 가격이 1조 2700억 원으로 한 척당 1,400억 원이 조금 넘는 금액인 데 비해 하백급 잠수함은 한 척당 5,000억 원에 달했다.

그러니 당연 해군에서 도입에 난색을 표할 수밖에 없었다.

하지만 천하조선이 이런 금액을 책정한 것은 절대로 과한 것은 아니었다.

원자력 잠수함보다 뛰어난 플라즈마 발전 잠수함이고, 또 슈퍼컴퓨터를 능가하는 인공지능 컴퓨터를 내장하고 있었다.

더욱이 적은 승조원으로도 원활하게 운용이 가능하기에 기존 잠수함 전력에서 일부 승조원만 차출하여 전력을 유지할 수 있었다.

그러니 오히려 5천억 원이면 무지 싼 금액이라 말할 수 있었다.

하지만 대한민국은 아직까지 경제적인 한계가 있는 나라였다.

국방 예산으로 책정되는 금액이 중국이나 일본에 절대적으로 턱없이 부족한 것이 실태였다.

그런데 해군이 필요한 여덟 척의 잠수함을 도입하려면 무려 4조 원이라는 천문학적인 금액이 필요하니 당연히 망설일 수밖에 없는 것이다.

그러한 상황에서 천하 그룹이 단기가 아닌 장기 분할로 판매를 한다고 하니, 때는 이때다 생각하고 도입할 잠수함의 숫자를 열다섯 척으로 늘려 버린 것이다.

천하조선에서는 이런 해군의 조치에 처음에는 어처구니없다는 반응을 보였지만, 동북아시아의 돌아가는 정세가 심상치 않아 그냥 넘어갔다.

그리고 얼마 지나지 않아 한반도가 통일을 이루며 해군의 잠수함 추가 진수는 그야말로 신의 한 수가 되었다.

만약 그렇지 않았다면 넓어진 영해를 지키기 위해 무척이나 고달팠을 해군이지만, 외상이란 생각에 일곱 척이나 잠수함을 더 추가해 구매를 하는 바람에 조기에 전력 공백을 어느 정도 메울 수 있게 된 것이다.

일본 도쿄, 총리 관저.

비록 한국에 선전포고를 했지만, 아직까지 별다른 일이 벌어지지 않은 상황이었다. 그런 만큼 특별히 야근을 하는 직원이 있는 것도 아닌데 총리 관저에는 밤늦게까지 불이 밝혀져 있었다.

사실 지금 총리 관저에는 비상이 걸린 상태였다.

선전포고를 하고 난 뒤, 국방성과 내각을 총괄하는 전쟁 사령부를 총리 관저에 꾸렸는데, 조금 전 긴급 전문이 날아왔기 때문이다.

그 안에는 일본이 보유한 인공위성 중 한반도와 동북아시아 지역을 관찰할 수 있는 모든 위성이 행방불명이 되었다는 내용이 담겨 있었다.

그뿐만이 아니었다. 민간 기업에서도 그에 대한 신고가 날아왔는데, 그 첫 번째가 바로 위성방송을 하는 방송사들이었다.

그 뒤를 이어 각 통신 회사에서도 위성과 교신이 끊어졌다는 보고가 날아들었다.

그런 탓에 아키야마 구로다 총리는 골치가 아팠다.

처음 전쟁 사령부에서 위성이 사라졌다는 보고를 받을 때까지만 해도 혹시 태양풍 때문에 잠시 교신이 되지 않는 것은 아닌가 하는 정도로 여겼다.

가끔 그런 문제로 위성과 교신이 되지 않다가 재개되고는 했기에 가볍게 생각했는데, 다른 곳에서도 비슷한 보고가 연이어 쏟아지자 그제야 일이 심각함을 깨닫게 된 것이다.

민간 기업들은 잠시만 위성과 통신이 되지 않아도 엄청난 손해를 본다.

그렇기 때문에 신속하게 문제를 해결하기 위해 조치를 취했을 것인데도 아직까지 연결이 되지 않는다는 말은 위성에 뭔가 문제가 발생했다는 의미였다.

구로다 총리는 급히 후지산에 있는 천문대에 협조 공문을 보내 위성을 찾아보라는 지시를 내렸다.

그런데 천문대에서 돌아온 답변은 그야말로 황당했다.

위성들을 찾을 수 없다는 내용이었다.

아니, 찾을 수 없는 정도가 아니라 주변 일대에 한국의 인공위성을 빼고는 다른 위성들이 모두 보이지 않는다는 내용이었다.

즉, 한반도와 동북아시아 지역의 상공은 그 어느 곳보다 깨끗하다는 보고였다.

구로다 총리는 뒷목을 잡고 자리에 쓰러지듯 주저앉았다.

한국의 인공위성을 제외한 모든 국가의 위성이 사라졌다는 말은 한국이 위성들을 모두 파괴했다는 것을 뜻했다.

다만, 의심은 가는데 한국에 위성을 파괴할 만한 기술이 있는가 하는 의문이 들었다.

만약 한국에 그런 기술력이 있다고 한다면, 어떻게 자신들이 파악도 못한 상태에서 인공위성을 파괴할 수 있었는지, 생각만 해도 무척이나 두려운 일이었다.

그렇기에 구로다 총리는 절대로 한국이 그러한 기술을 가지고 있지 않다고 믿었다.

만약 그런 기술이 있었다면 진작 세계에 알렸을 것이고, 그랬다면 미국이나 자신들이 파악하지 못했을 리가 없다고 생각했다.

문제는 결과가 명확하게 나와 있는데 믿지 않을 수도 없다는 것이었다.

구로다 총리로서는 정말 미스터리일 수밖에 없었다.

더욱이 그렇게 많은 인공위성이 파괴되었다면 그 파편이라도 남아 있을 것인데, 후지산 천문대에서는 부스러기 하나 없이 깨끗하다고 하고 있었다.

마치 인공위성이 발사된 적이 없던 것처럼 말이다.

"모시모시, 미스터 프레지던트."

구로다 총리는 궁리를 하다 미국 백악관으로 전화를 걸었다.

한반도와 동북아시아를 지켜볼 수 있는 눈을 잃어버린 지금, 일본의 입장에서 전쟁을 수행한다는 것은 그야말로 위기라 할 수 있었다.

그렇기에 많은 위성을 보유한 미국에 도움을 청하기 위해 미국의 도움은 반드시 필요했다.

러시아 북해 함대의 항로를 감시하기 위해 북극 상공에 띄운 위성이나, 한반도를 지나가는 궤도 위성을 이용해 몇 시간만이라도 한반도에 대한 정보를 취득할 수 있다면 큰 도움이 될 것이기 때문이다.

"아무래도 이번 한반도 상공에 있던 인공위성들이 실종된 건에 대해 한국이 의심됩니다."

구로다 총리는 한국 국적의 인공위성을 제외하고는 한반도 상공의 모든 위성이 사라졌다는 것을 알리면서 공동 대처를 제안하였다.

"어떤 수단을 썼는지는 알 수 없지만, 한국의 위성만 남아 있다는 것은 의심을 하지 않을 수 없지 않겠습니까? 지금 항의를 해봐야 저들이 아니라고 잡아떼면 어쩔 수 없으니, 이번에 한국을 막다른 곳으로… 그러니 위성을 좀 빌려주시기 바랍니다. 그것이 꺼려진다면 정보를 좀 지원해 주시기 바랍니다. 정보 제공에 대한… 그럼 고맙겠습니다."

장시간 통화를 하면서 구로다 총리는 자신이 원하는 한반도에 대한 정보를 미국으로부터 지원 받는 것에 성공하였다.

물론 그에 대한 보답으로 많은 것을 미국에, 아니, 존 슈왈츠 대통령에게 주기로 약속하였지만, 일본이 한반도를 차지하게 된다면 대수로운 일도 아니었다.

막말로 존 슈왈츠 대통령에게 건네기로 약속한 미화 500만 달러는 일본이 보유한 1조 달러에 달하는 미국 채권에 비하면 껌 값이었다.

그러나 미국이 정보를 넘겨줄 때까지의 공백으로 인해 많은 어려움이 예상되었다.

더욱이 미국이 넘겨줄 정보가 얼마나 정확할지는 알 수 없는 노릇이었다.

구로다 총리는 미국으로부터 정보를 받기 전 공백 기간 동안 시간을 벌어야 할 필요성을 느꼈다.

"어떻게 해야 하나……."

고민하며 혼자 중얼거리던 구로다 총리는 문득 한 가지 생각이 떠올랐다.

"그래, 그런 수가 있었군."

구로다 총리는 한국이 IS와 전쟁 중이란 사실에 생각이 미쳤다.

사실 개성에서의 테러는 중국과 자신들이 계획하였지만,

정작 성공한 것은 엉뚱하게도 중동의 테러 단체인 IS였다.

지난 10월 1일, 개성시에서 한국이 대규모 군사 퍼레이드를 할 때 자신들이 기획한 테러는 사전에 배신자가 나와 실패하였는데, 이후 한국이 방심한 틈을 타 IS는 테러에 성공했던 것이다.

뒤늦게 그런 사실을 알게 되어 자신들이 너무 일찍 본색을 드러낸 것은 아닌가 하는 걱정도 들었지만, 어차피 기세를 탄 상황이라 무를 수가 없었다.

때문에 한국은 테러의 충격에 휩싸인 상태에서 중국과 일본의 연이은 선전포고를 맞이해야 했다.

그런데 지금은 그런 상황이 백팔십 도 뒤바뀌었다.

한반도 상공의 인공위성이 소멸한 탓에 오히려 일본과 중국이 시간을 벌어야 할 처지가 된 것이다.

그래서 구로다 총리는 다시 한 번 한반도 내에서 테러를 감행하려는 계획을 세웠다.

한 번 더 테러를 당한다면 한국은 무척이나 당황해 정상적으로 전쟁을 수행할 수 없을 것이고, 정보 부재로 과감하게 전쟁을 수행할 수 없는 자신들은 미국이 정보를 제공할 때까지 시간을 벌 수가 있었다.

구로다 총리는 그보다 좋은 수가 없을 거라 생각하며 입가에 미소를 그렸다.

◆　　　◆　　　◆

기타큐슈 공업지대 인근 해변.

일단의 인영들이 거대한 공업지대를 지켜보고 있었다.

늦은 시각인데다 거무스름한 그림자 때문에 그들의 모습은 흐릿한 형체로 주변 사물의 그림자 속에 묻혀 있었다. 자세히 보지 않으면 그것이 사람인지 알아볼 수도 없었다.

"우리의 목표는 저곳, 기타큐슈 공업지대에 있는 공장과 회사들이다."

지킴이 PMC의 구대장인 홍인규 과장은 자신의 직속 부하들을 보며 오늘 작전에 대하여 말을 꺼냈다.

부하 직원들은 홍인규를 주시하며 가만히 설명을 들었다.

"남쪽에 있는 철강 단지는 강성조 과장과 해당 구대가 맡기로 했다. 그리고 우리 구대는 이곳 화학 단지에 있는 시설들을 파괴한다."

작전 설명을 마친 홍인규는 부하 직원들을 둘러보았다.

"과장님, 인명에 대해선 어떻게 처리를 합네까? 걍 섬멸하는 것입네까? 아니면……."

작전 과정 중 민간인에 대한 처리를 물어보는 황의주 대리였다.

굳이 그가 이런 질문을 하는 것은 작전에 대해 숙지를 못했기 때문이 아니었다.

혹시나 작전 중 민간인에 대해 어떻게 처리할지 모르는 직원이 있을지 모르기 때문에 선임인 그가 일부러 나선 것이었다.

"오늘 작전의 모토는 은밀과 신속이다. 만약 발각이 된다면 신속하게 상대를 처리한 후, 정해진 목표에 폭탄을 설치하고 빠져나간다. 그리고 일본은 시리아와는 다르다. 시리아에서는 IS의 강요로 억지로 가담한 자들이 있어 불필요한 살상을 지양했지만, 이곳에서는 그럴 필요가 없다. 일본과 중국을 대상으로 하는 작전 중 별도의 지시가 없는 이상 작전 수행만 생각하라."

홍인규는 단호한 표정으로 말했다.

그런 홍인규의 말에 부하 직원들은 표정을 굳히며 고개를 살짝 끄덕였다.

사실 이들도 알고 있었다. 일본과 중국이 어떤 짓을 저질렀는지 말이다.

지킴이 PMC 직원들 중에는 개성이 고향인 이들도 있

었다.

그런 이들이기에 IS와의 전쟁에서도 물러서지 않고 용감히 싸울 수 있었다.

그런데 뒤늦게 중국과 일본도 테러를 모의했다는 사실을 알게 되었다.

더욱이 IS는 일반적인 폭탄을 사용했지만, 중국과 일본은 대량 살상 무기인 핵배낭을 이용하려 했다.

다행히 테러 직전 일부 인원들이 전향하여 죽음의 땅이 될 뻔했던 개성시가 무사할 수 있었다.

만약 개성시, 특히 국군의 날 행사로 많은 인파가 몰렸던 당시에 핵배낭이 폭발했다면 어마어마한 인명 피해가 발생했을 것이다.

아마 못해도 당시 개성시에 모여 있던 사람들의 절반 이상이 죽었을 것이고, 또 테러에서 살아남았더라도 극심한 방사능 피폭으로 죽을 때까지 고통에 시달렸을 것이 분명했다.

그런 생각이 들자 지킴이 PMC 직원들은 분노를 금치 못했다.

오히려 테러를 성공한 IS보다 테러에 실패한 중국과 일본에 대한 분노가 더욱 컸다.

더욱이 일본은 한국인들에게 원죄와 같은 죄를 가지고 있지 않은가.

그런데도 일본은 정신을 차리지 못하고 또다시 한민족을 상대로 반인륜적인 테러를 모의하였다.

그러하였기에 IS와 전쟁을 중단하고 돌아오라는 본사의 명령에 아무런 이의 없이 돌아올 수 있었다.

"그렇다고 일부러 일본인을 찾아다니며 처리할 생각은 하지 말고, 정해진 구역에 정확하게 폭탄을 설치하기 바란다."

홍인규는 부하들을 돌아보며 다시 한 번 당부했다.

"음, 현재 시각 21시 45분이니, 정확히 22시에 침투하여 목표에 폭탄을 설치하고, 22시 30분에 약속된 접선 장소로 집결한다."

"알갔습네다."

홍인규가 움직이자 그 뒤를 따라 구대원들도 조용히 이동을 시작하였다.

철조망이 둘러쳐진 담벼락.

철망에는 붉은 글씨로 경고 문구가 적혀 있었다.

[주의 : 고압 전류가 흐르고 있습니다.]

경고 문구를 읽은 홍인규는 피식 실소를 했다.

그러고는 망설임 없이 손을 뻗어 철조망을 끊었다.

파지직!

손을 대자 스파크가 튀었지만, 그에게는 아무런 위협이 되지 않았다.

그가 걸친 파워 슈트가 위해를 입지 않게 해준 것이다.

사실 지킴이 PMC의 파워 슈트는 화생방 상황에서도 완벽하게 보호를 보장했다.

그러니 고압 전류 따위는 위협이 될 수 없던 것이다.

홍인규가 담당하게 된 화학 공장은 고압 전류가 흐르는 철조망을 믿었는지 별다른 감시 초소도 없었다.

물론 이 일대의 다른 공장들도 이와 마찬가지로 크게 경계를 하지 않고 있었다.

그도 그럴 것이, 공업지대인 이곳에 외부인의 침입이 있을 턱이 없고, 또 이곳 기타큐슈 공업지대는 중요도가 그리 높지도 않아 테러리스트들의 목표가 될 확률도 낮았다.

더욱이 고압 전류가 흐르는 철조망이 있으니 굳이 비싼 인건비를 들여 경비를 많이 둘 필요를 느끼지 못한 것이었다.

하지만 그런 것은 일반적인 테러범들에게나 해당하는 것이고, 최고 사양의 파워 슈트를 착용한 지킴이 PMC에게는 전혀 통하지 않았다.

오히려 고압 전류가 흐르는 철조망을 자르고 들어가는 정도의 수고만 하면 자동문이나 마찬가지였다.

경비원들도 모두 정문에, 그것도 단 두 명만이 있는 공장은 지킴이 PMC에겐 너무도 손쉬운 목표였다.

홍인규는 철조망에 구멍을 내고 공장 내부로 조용히 침입하였다.

이와 같은 일이 주변 공장에서도 동시다발적으로 벌어지고 있었다.

공장 안으로 침투한 홍인규는 등에 멘 작은 백팩에서 손바닥 크기의 작은 디스크를 꺼내 공장 파이프라인 하단에 부착했다.

이미 군에 있을 때부터 무수히 훈련을 받아왔기에 디스크 형태의 폭탄을 설치하는 것은 무척이나 쉬웠다.

디스크 형태의 폭탄은 일반적인 TNT의 열 배에 달하는 폭발력을 가지고 있었다.

이런 디스크 형태의 폭탄이 그가 메고 있는 백팩에는 100여 개나 들어 있었다.

물론 오늘 이곳에서 모든 디스크형 폭탄을 모두 소비하는 것은 아니었다.

사용하고 남은 폭탄은 또 다음 작전에 사용될 것이다.

그리고 오늘 자신의 표적이 된 이 공장에 설치할 디스크 폭탄은 딱 열 개였다.

굳이 공장을 완벽하게 파괴할 필요는 없었다.

그저 공장이 정상적으로 가동되지 않게 하는 것이 목적이고, 전쟁이 끝난 뒤에는 전쟁배상금을 지불할 수 있을 정도로만 파괴되면 충분했다.

그래야 일본이 장기전을 생각하지 못할 것이기 때문이다.

막말로 지정학적 위치 때문에 중국과 일본이 작정하고 바닷길을 막아버리면 대한민국으로서는 손을 쓸 도리가 없었다.

그렇게 된다면 대한민국은 혼란에 휩싸일 것이 분명했다.

비록 통일을 이루며 어느 정도 자급자족할 길을 만들었다고는 하지만, 강대국인 중국과 일본을 동시에 상대하는 상태에서 장기전은 무조건 필패였다.

그렇기 때문에 단기전으로 결판을 내야만 하고, 일본과 중국도 단기전에 임할 수밖에 없도록 벼랑 끝으로 몰아야 했다.

그런 작전의 일환으로 일본과 중국 내부에서 파괴 공작을 수행해 생산력을 최저로 떨어뜨리려는 것이었다.

지킴이 PMC 직원들은 공장 내부를 종횡무진 돌아다니며 사전에 설계된 대로 폭탄을 설치하였다.

그들은 파워 슈트의 헬멧에 부착된 고글이 길잡이 역할을 해주기에 전혀 길을 헤매지 않고 목표에 접근해 폭탄을 설치할 수 있었다.

6.
최후의 결전

따르릉.

아직 날도 밝지 않은 새벽.

요란하게 울리는 전화벨 소리가 조용한 총리 관저를 울렸다.

미국과 중국, 그리고 러시아 등 인공위성들을 잃어버린 국가들과 공동 대응을 논의하느라 늦게 잠이 들었던 구로다 일본 총리는 새벽부터 울려 대는 전화 벨소리에 인상이 절로 구겨졌다.

"뭔가?"

구로다 총리는 아직 잠이 덜 깬 모습으로 비서에게 물

었다.

"변고가 생겼습니다."

"변고?"

구로다 총리는 순간 그 말이 무슨 의미인지 알아들을 수가 없었다.

하지만 곧 사태를 깨달았다.

"무슨 일이 일어난 것이지? 혹시 조센징들이 기습을 한 것인가?"

"아직 누가 한 것인지는 모르지만, 전국적으로 테러가 발생하였습니다."

방금 전, 각지에서 날아온 보고를 떠올린 비서는 조심스레 보고했다.

하지만 현재 일본에 대해 테러를 감행할 만한 나라가 또 어디 있겠는가.

대놓고 말은 안 했지만, 비서 또한 범인에 대해 어렵지 않게 추정할 수 있었다.

"제길, 이번에도 선수를 빼앗겼군. 관료 회의를 실시하겠다. 모두 호출하도록."

"하이!"

지시를 수행하기 위해 밖으로 나선 미야자키는 조금 전

구로다 총리가 혼잣말로 중얼거리던 말이 문득 떠올랐다.

'선수를 빼앗겨? 설마 총리님께서도 한국에 테러를 하려고 했던 것인가?'

한국에 선전포고를 한 것은 자국의 이익을 위해서라 애써 자위하며 넘어갔지만, 조금 전 총리의 본심을 알게 된 미야자키는 인상을 와락 구겼다.

솔직히 미야자키는 현 정부 인사들이 너무도 과격하고 우편향된 것에 그리 좋게 생각하지 않았다.

그나마 구로다가 새롭게 총리가 되면서 중심을 잡고 외교를 해나간다고 생각했다.

비록 가끔 급진적인 모습을 보이기는 하지만, 그래도 역대 총리 누구보다 합리적인 판단으로 외교를 하고 있다고 믿은 것이다.

그런데 그 모든 것이 가식이었다는 판단이 서자 작금에 벌어지고 있는 일련의 사태들이 이미 사전에 준비된 것은 아닌가 하는 의심이 들었다.

한 가지 의문이 들자 그동안 구로다 총리의 행보에 대해 의문점이 계속해서 꼬리에 꼬리를 물고 피어오르기 시작했다.

'음, 무서운 일이다. 설마 이번 전쟁도…….'

급기야는 이번 전쟁에 대한 당위성마저도 의심이 들었다.

한국에 대해 선전포고를 하고 전쟁에 대한 당위성을 발표할 때, 조금 의심이 들기는 했다.

하지만 지금은 섣불리 판단을 내릴 수 없었다.

일단 전쟁에서 승리해야 한다는 생각에 미야자키는 애써 의문을 가슴속에 묻었다.

총리 관저 내 회의실.

웅성웅성.

회의실에 모인 관료들은 하나같이 긴장된 표정으로 서로 이야기를 주고받았다.

무엇 때문에 자신들이 새벽부터 불려온 것인지 파악하지 못했기에 저마다 당황을 감추지 못하는 모습이었다.

바로 그때, 구로다 총리가 회의실로 들어서며 주위를 환기시켰다.

“모두 모였나?”

“어서 오십시오.”

“총리님, 어서 오십시오.”

구로다 총리가 등장하자 내각 관료들은 자리에서 일어나 반가이 맞이했다.

하지만 구로다 총리는 그런 것에는 신경도 쓰지 않은 채 관방장관인 고노야마 아키라에게 단도직입적으로 물었다.

"피해 규모가 어느 정도요?"

"예, 그것이……."

아키라 관방장관은 쉽게 대답을 하지 못하고 눈치를 살폈다.

그도 그럴 것이, 피해를 입은 지역들이 하나같이 심상치 않은 곳들이기 때문이었다.

일본 산업의 모든 것이라 할 수 있는 4대공업지대는 물론이고, 그에 버금가는 세 곳 또한 폭발 사고가 발생하였다.

그 때문에 현재 일본 산업의 60% 이상이 파괴되었으며, 지역 주민들은 공포에 떨었다.

이는 일본이 겪은 그 어느 사고보다 심각한 것으로, 2차 대전 당시 이상으로 피해 규모가 심각하였다.

"왜 말을 못 하는 것이오? 설마 아직도 피해 규모를 짐작 못 한 것은 아니오?"

대답을 못하는 아키라 장관의 모습에 구로다 총리는 호통을 쳤다.

"그런 것이 아니라… 어떻게 말로 표현을 할 수 없을 정도로 참혹합니다."

"참혹?"

구로다 총리는 아키라 장관의 말에 인상을 찌푸렸다.

자신이 듣기로는 테러라 해도 인구 밀집지역이 아닌 공업지역이라고 했다.

그런데 참혹이라는 단어가 언급되자 구로다 총리는 뭔가 불길한 느낌을 받았다.

"4대공업지대는 물론이고, 전국에 있는 주요 공업지역이나 공업 도시들이 모조리 참화를 당했습니다."

"헉!"

아키라 장관의 말이 끝나기 무섭게 구로다 총리는 물론이고, 회의장 안에 모인 일본 내각 각료 모두가 외마디 신음을 흘렸다.

그도 그럴 것이, 폭발 사고가 있다고만 들었지 설마 전국에 산재해 있는 공업지역 전체가 테러의 대상이었다는 생각은 전혀 못했기 때문이다.

그 말대로라면 이건 테러 정도가 아니라 침공을 받았다고 표현하는 것이 맞는 표현이었다.

일본에는 4대공업지역이라 불리는 기타큐슈, 게이한, 주쿄, 한신 공업지역이 있고, 또 그에 버금가는 도카이, 호쿠리쿠, 세토우치 공업지역이 있었다.

이들 주요 공업도시들은 일본 산업의 근간이라 할 수 있었다.

그런데 그러한 지역들이 모조리 파괴가 되었다니, 구로다 총리는 눈앞이 노래졌다.

이것은 악몽이었다. 구로다는 왕제 나루히토에 의해 새롭게 일본 총리의 자리에 앉을 때만 해도 앞으로는 하늘 위로 비상하는 일만 남았다고 생각했다.

그런데 전혀 그렇지 않았다. 비록 자신의 막후에 나루히토라는 존재가 있긴 하지만, 충분히 컨트롤이 가능할 거라 생각했다.

그리고 지금까지는 흑막인 나루히토의 뜻에 맞춰 일본을 잘 이끌어왔다고 자부했다.

현재 일본은 무척이나 불안정한 상황이었다.

점점 잦아지는 재해와 마이너스 성장을 보이는 경제, 그리고 국가의 일에 무관심한 젊은 세대들까지. 이런 모든 요인들이 맞물려 일본은 죽어가고 있었다.

그런 일본을 살리기 위해선 특단의 조치가 필요했다.

그리고 어떻게 하면 죽어가는 일본을 살릴 수 있을지 자신은, 아니, 일본을 움직이는 이들은 모두 알고 있었다.

예전에도 그랬듯 전쟁만이 일본을 살릴 수 있는 길이었다.

전쟁을 통해 일본인들을 하나로 묶고, 정부를 불신하는 자들을 처단해야 한다.

뿐만 아니라 자연재해로부터 안전한 땅. 일본이 더 나아갈 수 있는 길을 열어야 했고, 자신은 그런 길을 열었다고 자신했다.

그래서 한국의 뒤통수를 치는 일도 마다 않고 감행했다.

그런데 이런 일이 벌어지다니, 도저히 믿을 수가 없었다.

조금 전 보고를 받은 곳들은 일본의 심장과도 같은 곳이다.

폐허로부터 일어난 일본이 경제대국이 되는 데 밑거름이 된 곳이었다.

또한 버블 경제가 무너진 뒤에도 어렵게 일본을 지탱해온 곳이기도 했다.

그런데 그러한 일본의 심장이 모두 파괴되고 피해 규모를 짐작할 수도 없다는 관방장관의 보고에 구로다 총리는 할 말을 잃었다.

지금 이 순간만큼은 일본의 앞날이 보이지 않았다.

아니, 일본의 미래뿐만 아니라 자신의 미래 또한 암담할 뿐이었다.

"테러를 당할 동안 당신들은 도대체 뭘 하고 있었던 것인가!"

너무도 허탈해서 그런 것인지, 구로다 총리는 회의장 안에 있는 각료들을 보며 고함을 질렀다.

일본 내의 주요 공업 도시들이 모두 파괴당하려면 엄청난 인적, 물적 자원이 동원되어야 한다.

그런데 사건이 터지기 전에 자신은 그 어떤 보고도 받은 기억이 없었다.

"도조 히데키! 오토 사부로! 일이 이렇게 될 동안 네놈들은 대체 뭘 하고 있었느냔 말이다!"

구로다 총리는 모세혈관이 터져 붉게 물든 눈으로 국방장관인 도조 히데키와 국가 공안 위원장인 오토 사부로를 노려보며 소리쳤다.

사실 두 사람은 할 말이 없었다.

도조 히데키는 국방부 장관으로서 국토를 방위하지 못했고, 오토 사부로 또한 치안을 담당하는 입장으로서 테러범들의 그림자도 잡지 못했으니 변명의 여지가 없는 셈이었다.

하지만 고개를 숙인 두 사람의 모습에 구로다 총리는 화가 풀리기는커녕 더욱 분노를 느꼈다.

무력한 그들의 모습이 마치 자신을 보는 것 같았기 때문이다.

쾅!

"지금 뭐라고 했나?"

중국 총서기인 주진평은 조금 전 장위해 국가 안전부 부장의 보고에 깜짝 놀랐다.

동부 연안에 위치한 주요 산업 시설들이 누군가의 테러로 심각한 피해를 입었다는 보고였다.

특히나 항공모함을 건조하던 상해 조선소에서 일어난 폭발로 인해 건조 중인 항공모함은 물론, 집결한 항공모함 세 척까지 침몰하였다는 말에는 뒷목을 잡을 수밖에 없었다.

중국은 러시아가 재정적 이유로 건조를 중단한 항모 바랴그 함을 레저용으로 속여 들여오려다 주변국의 반발에 부딪쳤다. 하여 결국에는 유령 회사를 만들어 고철로 수입하였다. 그런 후에 개량해서 라오닝이라 명명하고 중국 최초의 항공모함을 가지게 되었다.

그러고는 또 다른 항공모함을 건조하기 시작해 2020년에는 총 일곱 척을, 2028년이 된 현재에는 총 아홉 척의 항공모함을 보유하고 세 척이 더 건조될 예정이었다.

하지만 방금 전 국안부장의 보고에 의하면, 건조 중이던 항모 세 척과 한국과의 전쟁에 동원된 세 척이 폭발에 휘말려 모조리 바닷속으로 수장되었다는 것이었다.

무엇보다 주진평이 가장 분노한 것은 집결한 세 척의 항공모함에 있었다.

마지막 점검을 위해 상해 조선소에 결집한 세 척의 항공모함은 최신예 항공모함으로서, 이것들이 동원된다면 아무리 막강한 한국군이라도 중국 인민해방군을 더 이상 막을 수 없다고 자신했다.

그도 그럴 것이, 이 세 척의 항공모함은 원자력 항모인 동시에 한 척당 80대의 전투기를 탑재하고 있는데, 이들 전투기들이 모두 스텔스 전투기인 젠—31이었다.

그런 세 척의 원자력 항공모함은 물론이고, 차기 원자력 항공모함이 되어야 할 재원까지 모두 바닷속으로 가라앉았다는 말은 아무리 담대한 주진평이라도 무너질 수밖에 없도록 만들었다.

주진평은 심지어 원자력 항공모함을 보유하기 위해 문제만 일으키는 자치구들을 모두 독립시켰다.

사실 자치구를 지배하는 것은 많은 예산이 투입되는 일이었다.

자치구 주민들은 중국 정부의 정책을 따르지도 않으며, 독립을 위해 무장투쟁도 불사했다.

또 북경이나 상해 등의 주요 도시에서 자살 테러는 물론이고, 정부 인사들에 대한 테러도 감행하는 등 많은 문제를 야기했다.

상황이 그러하기에 주진평은 이전 중국의 지도자들과 다르게 양적 팽창보단 실리를 취하기로 결정하고 자치구에 들어가는 예산을 줄여 단계별로 독립시킬 준비를 하였다.

그러면서 축적된 예산으로 비밀리에 원자력 항공모함을 건조하였다.

물론 외부에는 그저 이전 라오닝 함처럼 디젤 항공모함을 건조하는 것이라 발표하였지만, 사실은 아니었다.

이미 원자력 함선을 건조할 기술은 가지고 있는데 굳이 전투력이 떨어지는 재래식 항모를 건조할 이유가 없었다.

사실 재래식 항모나 원자력 항모나 그리 많은 차이가 나는 것은 아니다.

다만, 원자력 항모는 보급 없이 보다 오랜 동안 작전을 수행할 수 있으며, 또 많은 함재기를 실을 수 있었다.

그랬기에 초강대국 미국을 뛰어넘기 위해 노력하는 중국으로서는 굳이 재래식 항모를 건조할 이유가 없는 것이다.

원자력 항모를 열두 척이나 보유한 미국을 따라잡기 위해 중국은 모든 역량을 동원해 세 척의 원자력 항모를 건조하였고, 추가로 세 척을 더 건조 중이었는데, 한순간에 이를 모두 잃었다.

게다가 남은 여섯 척의 항공모함 중 1번함인 라오닝 함을 비롯한 2번과 3번함은 사실상 퇴역한 것이나 마찬가지인 상태였다.

상해 조선소에서 건조하고 있던 세 척의 항공모함은 이들 1번에서부터 3번까지의 항공모함이 사용 연혁을 넘겼기에 대체하기 위해 건조하고 있던 차였다.

그러니 사실상 현재 중국 해군이 운용 가능한 항공모함은 세 척밖에 남지 않은 셈이었다.

나머지 세 척의 항공모함도 운용 능력이 원자력 항모 한 척을 겨우 넘을 정도에 지나지 않는다는 것을 생각하면, 앞으로 한국과 전쟁을 치르는 데 있어 많은 전략의 수정이 필요했다.

◆　　　◆　　　◆

청와대 지하 벙커.

중국과 일본이 선전포고를 한 뒤, 청와대 지하 벙커에는
전쟁 사령부가 꾸려졌다.

중국을 상대할 때까지만 해도 약간의 여유가 있었는데,
일본까지 뒤이어 선전포고를 해오자 전쟁 사령부를 설치한
것이었다.

이곳에는 갖가지 첨단 장비들이 갖춰져 있어 외부와의 통
신이 원활하며, 외부 지원 없이도 2년을 버틸 수 있는 물자
가 보관되어 있었다.

원래 국가 비상사태가 발생했을 때 대통령과 영부인, 그
리고 국가 주요 장관들이 대피하는 벙커가 따로 있었다.

그곳은 핵전쟁이 발발하더라도 충분히 대비할 수 있을 만
큼 안전하며, 1개 사단과 10개 직할 대대가 주변을 지켰다.

또한 그런 대규모 병력이 10년간 사용할 군수물자는 물
론이고, 식료품까지 갖춰져 있었다.

하지만 윤재인 대통령과 정부 관료, 그리고 군 장성들은

이번 전쟁에서 큰 위기는 없을 거라는 판단에 따라 예정된 벙커가 아닌, 청와대 지하에 있는 임시 벙커에 전쟁 사령부를 꾸렸다.

"허, 저게 가능하다니, 지킴이 PMC라는 곳은 과연 대단하군요."

일본과 중국에서 벌어지는 비밀 작전의 진행 상황을 지켜보던 이들 중 한 명이 감탄성을 흘렸다.

아무리 중동에서 IS를 몰아냈다고는 하지만, 한 나라에 침투하여 작전을 펼치는 것과는 경우가 달랐다.

사실 중동의 나라들은 땅덩어리가 너무도 커 경계가 허술하였다.

하지만 일본이나 중국은 그런 나라들과는 전혀 달랐다.

군사력도 세계에서 다섯 손가락 안에 들어가는 강대국들이다.

중국은 초강대국 미국을 목표로 군사력을 키운 나라고, 일본은 집단적 자위권이란 이상한 해석을 내놓으며 군대를 보유할 수 있게 되자 대규모 투자로 7~8위에 놓여 있던 군사력을 5위권으로 향상시켰다.

물론 핵무기를 감안하지 않은 재래식 전력만을 두고 평가한 것이라 정확하게 평가를 내릴 수는 없었다.

하지만 재래식 전력만으로도 세계 군사력 5위라는 지위는 결코 무시할 수는 없었다.

그러니 세계 1위의 테러 조직이라고 해도 정규 국가의 군대와 전투력을 비교할 수는 없는 것이다.

그럼에도 지킴이 PMC는 단독으로 중국과 일본에 침투하여 그 능력을 유감없이 발휘하였다.

애당초 계획한 것의 1/10만 성공을 한다고 해도 큰 성과라고 판단한 합동참모본부의 장성들이나 윤재인 대통령은 다시 한 번 지킴이 PMC의 엄청난 능력에 경악하였다.

동시에 그런 경악할 만한 전투력이 모두 대한민국을 위해 사용된다는 것에 내심 안도의 한숨을 쉬었다.

막말로 저런 전투력을 가진 지킴이 PMC가 중국이나 일본의 의뢰로 내부에서 테러를 자행했다면, 대한민국으로서는 속수무책으로 당했을 것임을 알 수 있었기 때문이다.

"작전대로 중국과 일본은 더 이상 보급이 어려워졌습니다."

윤재인 대통령은 방금 전 본 화면을 상기하며 비장한 말투로 입을 열었다.

군 장성들의 표정 또한 사뭇 비장해졌다.

처음 작전에 대한 설명을 들을 때만 해도 반신반의하였다.

계획대로 작전이 성공을 거둔다면 전황이 무척이나 유리하게 될 것이니, 굳이 위험을 자처하는 그들을 막을 필요를 느끼지 않았다.

다만, 그런 위험한 작전을 자신들이 나서서 하지 못하는 것이 못내 미안했다.

원래 군이란 조직이 그럴 때 필요한 것인데, 자신의 역할을 수행하지 못한다는 자괴감이 들었을 뿐이다.

그만큼 수한이 제안한 작전은 어렵고 위험했다.

"예. 그들은 완벽하게 약속을 지켰습니다. 이제는 우리 군이 중국과 일본의 군대를 막아내면 됩니다."

정승환 대장은 결연한 표정으로 말을 하였다.

주변에 있는 장군들도 하나같이 같은 표정이었다.

그런 장군들의 모습에 고무된 윤재인 대통령의 표정도 한층 밝아져 있었다.

'이길 수 있다! 아니, 이번 전쟁은 우리 대한민국이 무조건 승리를 한다!'

윤재인 대통령은 그동안 많은 고민을 했다.

대한민국의 운명이 어떻게 될 것인지 하루에도 몇 번이나 고민에 고민을 거듭하였다.

전투가 벌어졌다는 소식만 전해져도 자신이 너무 급하게 일을 추진해 이런 사단이 벌어진 것은 아닌지 후회되었다.

또 한반도를 통일하고 난 뒤, 미국의 요구대로 핵을 폐기하지 않은 것 때문에 미국이 대한민국을 도와주지 않는다고 주장하던 국회의원들의 말을 들었으면 어떻게 되었을까 하는 생각도 수십 번 들었다.

하지만 그렇다 해도 중국이나 일본이 선전포고를 하지 않았을 것이라고는 장담할 수 없었다.

사실 윤재인 대통령은 그나마 대한민국이 핵무기를 보유하고 있었기에 중국과 일본이 조심하는 것이라 믿었다.

만일 핵무기가 없었다면 초기에 대규모 병력이 막혔을 때 중국은 한반도에 핵미사일을 날렸을 것이다.

자존심 강한 중국인들은 그렇게 당하고 그냥 있을 족속이 아니기 때문이다.

아니, 1차 한중 교전 때 벌써 사용하고도 남았을 거란 판단에 윤재인은 전 재산을 걸 자신이 있었다.

"이제부턴 입장이 반대가 되었습니다. 아마도 저들은 더이상 보급을 받을 수 없으니 최대한 빠른 시일에 전쟁을 끝내려 할 것입니다. 그러니 만반의 준비를 하고 있다가 단숨에 저들의 숨통을 끊어야 합니다."

"알겠습니다. 어떤 빈틈도 보이지 않게 준비하겠습니다."

"그렇습니다. 정수한 박사가 예상한 것처럼 중국과 일본은 이제 가용할 수 있는 전력 중 절반 정도를 동원하여 최후의 일전을 벌이려 할 것입니다."

"예, 본인도 그렇게 생각합니다. 다만, 중국이야 주변국들과의 문제로 인해 국경에 있는 병력을 모두 빼진 않을 테지만, 일본은 다릅니다. 그러니 일본을 특히 경계하세요."

"예. 일본은 여느 국가와 같이 생각하면 안 되겠지요. 그런데 각하, 만일 중국과 일본이 동시에 쳐들어온다면 저희가 아무리 최신형 무기로 무장하고 있다고 해도 물량을 감당할 수 없습니다. 그러니⋯⋯."

한창 최후의 결전에 대한 이야기를 하던 정승환 대장은 말끝을 흐렸다.

"무슨 문제가 있습니까?"

윤재인 대통령은 조금은 걱정이 된다는 표정으로 물었다.

정승환 대장은 잠시 망설이다 곧 자신의 생각을 말하였다.

"청천(晴天) 작전에 사용한 그것을 한 번 더 사용했으면 합니다."

한반도 상공에 떠 있던 인공위성들을 청소한, 일명 청천 작전.

그는 그때의 비밀 무기를 다시 한 번 사용할 것을 건의하였다.

"그게 이번 결전에 도움이 되겠습니까? 더 이상 한반도를 감시하는 위성은 없는 것으로 알고 있는데요?"

윤재인 대통령은 플라즈마 발전소에 설치되어 있는 무기의 기능에 대하여 잘 알지 못했고, 또 그것이 전투에 도움이 될 것인지 잘 알지 못했다.

하지만 그 위력을 실감한 정승환 대장이나 다른 장성들은 입을 모아 말했다.

"그렇습니다. 공중에 떠 있는 물체를 지워 버리는 기능말고도 어떤 물체를 높은 곳으로 보낼 수도 있다고 합니다. 만약 GPS 폭탄을 대기권에 올렸다가 떨어뜨린다면 엄청난 효과를 볼 것입니다. 사실 군이 많이 발전을 했다고 하지만 중국과 일본 두 나라를 동시에 상대하기에는 전력이 많이 부족합니다. 그러니… 재고를 해주시기 바랍니다."

윤재인 대통령은 잠시 정승환 대장의 말을 곱씹어보았다.

확실히 그가 생각하기에도 현재 대한민국의 상황이 좋다고만 볼 수는 없었다.

한 나라도 아니고, 동시에 두 나라를 상대하는 일이다.

일본이야 한국과 비슷한 전력을 가지고 있으니 충분히 막아낼 수 있지만, 거기에 중국이 추가된다면 경우가 달랐다.

반대로 일본을 배제하고 중국군만 상대한다면 이전 두 번의 대규모 교전에서 승리한 것처럼 첨단 무기로 충분히 막아낼 수 있다. 하지만 이 역시 일본이 끼어들면 문제가 복잡해진다.

사정이 그러다 보니 윤재인 대통령도 정승환 대장의 말이 어떤 의미인지 금방 알 수 있었다.

보이지 않는다.

상대의 패를 알고 도박을 하는 것과 모르는 상태에서 하는 것은 승패에 많은 영향을 준다.

굳이 지피지기면 백전불태라는 말을 하지 않더라도 이는 당연한 이치이다.

하물며 전쟁을 벌이고 있는 상태에서 상대의 움직임을 볼 수 없다는 것은 무척이나 답답한 일이다.

일본과 중국은 전쟁이 장기화되면 자신들이 유리하다고 판단했다.

그러나 더 이상 군수물량을 생산할 수 없게 되었다.

그 때문에 총력을 다해 최후의 결전을 벌여야만 할 상황에 처했다.

물류 통로를 막음으로써 한반도를 고립시켜 백기를 들게 하려던 계획을 철회하고 전면전을 통해 자웅을 결하려는 것이었다.

일본은 한반도 정벌이라는 기치 아래 대규모 출정을 준비하였다.

같은 시각, 중국군도 상해의 동해 함대 사령부와 천진의 북해 함대 사령부에서 출정을 준비하고 있을 것이다.

뿐만 아니라 중국은 북해와 동해 함대가 출정할 때, 심양에 대기하던 육군과 공군이 동시에 한국의 국경을 공격할 계획이었다.

중국과 일본군은 이렇게 동맹을 맺고 대한민국을 공격하기 위해 대대적인 집결을 하였다.

더욱이 일본은 미국으로부터 한반도의 정보를 어느 정도 넘겨받아 아직 한국이 자신들을 막을 만한 전력은 갖추지 못했다는 것을 파악하고는 약간 안심을 하였다.

그러던 와중에 전국의 공업단지들이 테러를 당해 모두 폐허가 되었다는 소식을 듣고 구로다 총리는 낙담했다.

혹시 자신들이 판단한 것보다 한국이 가진 군사력이 월등한 것은 아닌가 하는 의심을 하게 된 것이다.

하지만 다행히 현재 한국이 가진 모든 역량을 동원하고 있다는 사실을 알게 됨으로써 다시금 안도의 한숨을 쉬게 되었다.

얕잡아 보던 상대에게 뒤통수를 맞았을 때 혹시 상대가 내가 모르는 수를 숨겨둔 것은 아닌가 하는 의심을 하게 되고, 그 피해가 크다면 더욱 당황하게 된다.

그런데 알고 보니 상대도 최후의 발악이란 것을 알게 되었을 땐 오히려 안심을 하는 심리였다.

구로다 총리도 잠시 당황하기는 했지만, 그래도 그것이 한국이 가진 마지막 수단이란 것을 알고 안심했다.

게다가 이만큼이나 당하고 그냥 넘어갈 수는 없었다.

어차피 한국이 죽어야 일본이 살고, 자신이 살 것이기에 구로다 총리는 한국에 대한 정보를 받자마자 군에 명령을 내렸다.

한반도 정벌을 명령한 것이다. 임진왜란 때 도요토미 히데요시가 그랬듯 내부의 불만을 외부로 표출하는 전략이었다.

일본 국민들은 전국의 공업단지가 테러를 당하고, 그것을 막지 못한 책임을 총리인 그에게 물으며 물러나라는 시위를 벌였다.

원만한 관계였던 한국에 굳이 전쟁을 선포했기 때문에 이런 일이 벌어졌으니 책임을 지라는 것이었다.

하지만 구로다 총리는 테러를 자행한 한국을 정벌하고 나서 물러나겠다는 주장을 펴며 전쟁 반대를 외치는 시위대를 강제로 해산시켰다.

이어 한반도 침략을 도모하기 위한 전진기지나 다름없는 마이즈루 해군 기지와 구레 해군 기지에 해군력을 집결시켰다.

뿐만 아니라 한반도에서 가까운 항구 중 가장 규모가 큰 후쿠오카에 지상군을 대기시켰다.

한국 해군을 물리치면 곧바로 지상군을 투입하여 일본 제국 시절에 그랬던 것처럼 한반도를 점령하겠다는 계획이었다.

이러한 생각으로 구로다 총리는 일본군에 총력전을 명령하고, 러시아의 극동 함대를 막을 4함대와 8함대, 그리고 혹시 모를 수도 방위를 위해 1함대와 지상군 일부를 남기고 전 병력을 이번 전투에 투입시키기로 마음먹었다.

그 때문에 3함대 사령부가 있는 마이즈루와 2함대의 모

항인 구레, 그리고 지상군이 집결하는 후쿠오카에 많은 군
인들이 몰려들었다.

　파도가 넘실거리는 푸른 바다를 보던 미나미 일등해장은
가슴이 답답했다.
　비록 그가 일본 해군 3함대 사령관이라고는 하지만 이번
한국과의 전쟁에 찬성하는 것은 아니었다.
　그저 군인이기에 어쩔 수 없이 명령에 따르는 것뿐이었
다.
　하지만 그의 밑에 있는 함장들은 달랐다.
　언제나 이런 기회를 기다려 왔다는 듯 그들은 구로다 총
리가 선전포고를 하자마자 전장에 나갈 날만을 기다려 왔
다.
　전쟁이 얼마나 참혹한 것인지는 역사의 기록만으로도 알
수 있지만, 그런 교훈도 잊고 그저 자신의 무공만을 탐할
뿐이었다.
　하지만 미나미가 들은 정보에 의하면, 대한민국 해군은
절대 자신들의 하수가 아니었다.

더 이상 육군만 강력하던 한국군이 아닌 것이다.

더욱이 한국군은 어찌 되었든 전쟁을 경험한 군대이고, 자신들은 몸집은 비대해도 전쟁을 경험해 보지 못한 군대이다.

그런데도 자신의 부하들, 아니, 전쟁을 원하는 모든 일본인들이 그런 사실을 망각하고 있었다.

'이길 수 있을까?'

미나미 일등해장은 검푸른 마이츠루 앞바다를 보며 다시 한숨을 쉬었다.

빰빠밤! 빰빰!

저 멀리에서 군 장병들의 승전을 기원하는 군악대의 연주 소리가 울려왔다.

하지만 미나미 일등해장의 귀에는 그것이 승전을 기원하는 소리가 아닌, 마치 장송곡처럼 들리는 것만 같았다.

언젠가부터 한국군은 자신들이 알 수 없는 영역에 들어가 있었다.

낙후된 함선을 겨우 운영하던 한국 해군은 언젠가부터 최신형 함선을 건조하기 시작하였으며, 그 함선의 제원도 공개하지 않고 비밀에 붙이고 있었다.

보통 동맹과 합동 훈련을 할 때 효율을 위해 제원에 대해선 공개를 하는 것이 상식인데, 절대 그러지 않았다.

아니, 심지어 적대국에게도 자신들의 전력을 알려 전쟁의 불씨를 잠재우기 위해서라도 어느 정도 기본 제원은 알리는 것이 일반적이었다.

그동안 한국 해군은 북한이란 적을 상대하기 위해 무기를 개발하고 함선을 개발해 왔다. 하지만 동맹인 미국이나 일본에게도 정확한 제원을 알리지 않았다.

다만, 크기로 배수량을 예상하고 탑재된 무기를 통해 짐작할 뿐이었다.

현재 한국 해군의 기함이 된 해모수함의 전투력은 미국의 최신예함인 줌왈트 급 순양함에 근접할 것이라 예상되었다.

미나미 일등해장이 그런 짐작을 할 수 있는 근거는 줌왈트에 탑재된 레일건과 유사한 무기가 한국의 해모수함에도 탑재되어 있기 때문이었다.

비록 한국 해군이 운용을 하지 않을 때 가림막으로 가려 놓기는 하였지만, 지난날 중동에서 쿠웨이트 해방 작전을 수행할 때 잠깐 해모수함의 함포 운영하는 사진을 어렵게 구할 수 있었다.

당시 합동작전을 하던 미군 중 한 명이 촬영한 것으로, 일본은 미국으로부터 그 사진을 넘겨받으려고 무척이나 많은 비용을 지불하였다.

이러한 것만 보더라도 한국 해군은 결코 약한 군대가 아니었다.

어쩌면 한국 해군은 이미 일본 해군을 능가할지도 모른다는 생각을 하고 있는 미나미 일등해장으로서는 이번 전쟁의 향방이 걱정되지 않을 수 없었다.

지금 마이즈루 해군 기지에선 마치 축제라도 벌이듯 폭죽을 터트리고 행진곡을 연주하며 군인들의 장정을 축하하고 있었다.

그런 모습을 보고 있는 미나미로서는 그저 답답할 뿐이었다.

미나미 일등해장의 우려와 달리 마이즈루 해군 기지를 벗어난 일본 해군 함정들은 빠른 속도로 검푸른 바다를 거슬러 가고 있었다.

7.
불타는 바다

일본의 함대가 마이즈루 항을 출발했다는 정보를 취득한 대한민국 해군은 그에 대응하기 위해 출진했다.

일본 2, 3, 6, 7함대. 이는 대한민국 해군 전체 전력과 비슷한 규모였는데, 대한민국 해군은 1함대인 동해 함대와 기동전단만을 내세웠다.

이렇듯 열악한 조건으로 일본 함대를 상대하는 이유는 바로 중국의 대규모 해군 전력 때문이었다.

이미 중국과 일본은 동맹을 맺고 대한민국과 전쟁을 하고 있다.

일본 해군이 동해로 쳐들어오는 것과 동시에 중국의 북해 함대와 동해 함대, 그리고 남해 함대 일부 군함들이 서해로 진격하고 있었다.

때문에 대한민국 해군 2함대는 중국 해군을 막기 위해 3함대와 합류할 수밖에 없었다.

대신 일본 해군을 막아야 하는 1함대에는 아직 전력이 완전히 갖춰지지 않은 기동전단이 투입되었다.

그나마 중동에서 실전을 경험하였기에 큰 도움이 될 것이라 판단한 해군 본부에서 일본의 네 개 함대를 상대할 1함대에 기동전단을 지원 보낸 것이었다.

물론 배 이상 차이가 나는 상황에서 일본의 해군을 막는다는 것은 거의 불가능에 가까운 일이었다.

다만, 우수한 대함미사일과 요격미사일 등을 가지고 있고, 또 비밀 병기가 있기에 해볼 만하다는 판단이었다.

거기에 거의 갑절의 차이가 나는 일본 군함에서 쏟아낼 대함미사일을 막기 위해 대한민국 해군은 바지선을 대량 징발하여 그 위에 신형 요격미사일을 갖췄다.

천하 디펜스에서 개발한 신형 요격미사일은 원격으로 발사할 수 있어 굳이 발사관이 따로 필요하지 않았다.

요격미사일을 담은 케이스가 바로 발사관이 되기 때문이다.

아무튼 해군은 부족한 군함의 숫자를 바지선으로 대체하여 일본 해군의 침략에 대비하고 있었다.

동해를 방어하는 1함대 군함들은 연결 고리를 매달아 요격미사일을 가득 실은 바지선들을 끌고 동해를 가로질러 독도 인근 해역에서 대기하였다.

원래 일본은 전통적으로 88함대를 운용했다.

전투함 여덟 척과 대잠 헬리콥터 여덟 대를 일컬어 88함대라고 하는 것이다.

그러니 일본 해군의 네 개 함대는 전투함만 서른두 척이라는 의미였다.

그에 반해 대한민국 해군은 66편제를 취하고 있다.

즉, 여섯 척의 전투함과 여섯 대의 대잠 헬리콥터를 운용한다는 소리였다.

결국 전투함의 숫자에서 거의 세 배에 가까운 차이가 나지만, 전장에 나선 해군 장병들은 비장한 마음으로 저 멀리 수평선 너머로 보이는 일본 해군의 군함들을 보며 다짐하였다.

'일본 놈들은 한 놈도 대한민국 땅을 밟지 못할 것이다!'

뚜우! 뚜우!

짧은 경적이 울리자 군함의 승조원들은 주황색 구명조끼를 착용한 채 각자 전투 위치로 가서 대기하였다.

"함장님, 320㎞ 전방에 일본의 대규모 함대가 보입니다!"

레이더를 보고 있던 장병이 함장에게 보고하였다.

"알겠다. 전 장병에게 알린다. 일본 해군이 320㎞ 전방에 나타났다. 전투 개시는 1함대 기함인 주몽함과 기동전단의 해모수함부터 시작할 것이다."

1함대의 기함인 주몽은 대한민국 최신예 순양함인 해모수함의 자매함으로, 해모수급 순양함의 2번함이었다.

3번함인 온조함은 서해 함대인 2함대의 기함이 되었고, 3함대의 기함으로 건조 예정인 4번함 혁거세함은 아직 완공하지 못한 상태였다.

그렇지만 대한민국 해군은 일본의 네 개 함대를 상대하는 두 척의 해모수급 순양함에 많은 기대를 걸고 있었다.

만약 해모수급 순양함이 해군 지휘부의 생각만큼 활약을 해주지 못한다면 대한민국은 큰 위기에 처할 것이다.

하지만 해모수급 두 함선이 재대로만 활약해 준다면, 해전에서도 육군이 거둔 대승에 못지않은 전과를 올릴 것이라 예상하였다.

해군 지휘부가 이런 생각을 하는 이유는 해모수급 순양함에만 탑재되어 있는 세 문의 레일건 덕분이었다.

일본 함대의 대함 무기는 00식 대함미사일이었다.

일명 제로식이라 말하는 이 대함미사일의 최대사거리는 200㎞였다.

그에 반해 해모수급 순양함의 레일건 최대사거리는 300㎞에 이르렀다.

즉, 사거리에서 100㎞나 차이가 나는 것이다.

사실 대한민국 해군이나 일본 함대의 대함미사일 제원은 비슷했다.

그 이유는 일본과 한국의 대함미사일을 개발하는 데 바탕이 된 것이 미국의 대함미사일인 하푼인 탓이다.

그러다 보니 한국이나 일본이나 별반 차이가 없는 것이다.

다만, 일본의 전투함 숫자와 배수량에 따라 대함미사일이나 요격미사일의 숫자에서도 압도적으로 많아 유리할 뿐이었다.

하지만 현재 일본 함대를 상대하는 대한민국 해군에게는

해모수급 순양함이 두 척 있었다.

해모수급 순양함에는 각기 세 문의 레일건이 탑재되어 있으며, 한 번에 군함을 관통할 수 있는 위력을 가지고 있었다.

그러니 사거리를 이용해 전투를 벌인다면 충분히 해볼 만하다는 계산이 나오는 것이었다.

즉, 상대가 접근하기 전에 계속해서 유리한 거리에서 치고 빠지기를 한다면 아무리 많은 숫자의 함선이 있다고 해도 충분히 승리를 거둘 수 있었다.

이러한 해군 작전 사령부의 계획 아래 1함대와 기동전단은 전투 준비를 하였다.

"일본 함대와의 거리가 280㎞ 정도 되었을 때 교전을 시작한다."

주몽함의 함장인 주용운 제독은 휘하 장병들에게 명령을 내리며 기동전단의 강감찬 제독에게 무전을 날려 자신의 계획을 알렸다.

"강감찬 제독."

— 말씀하십시오, 제독님.

"일본 함대와의 거리가 280㎞ 정도 되었을 때 자네의 해모수함과 우리 주몽함이 적의 기함을 공격하기로 하지."

일본 함대의 기함이 멀쩡하다면 나중에 쌍방의 교전 거리인 200㎞ 안으로 들어갔을 때 이지스함의 숫자에서 밀리는 한국 해군이 절대적으로 불리했다.

신의 방패라 명명되는 그 이름에서도 알 수 있듯, 이지스함은 대공 방어력이 뛰어난 함선이었다.

1,000㎞ 내에 2,000개의 목표를 탐지할 수 있으며, 80여 개의 목표를 동시에 추적할 수 있는 능력을 가진 이지스함.

그런데 지금 쳐들어오고 있는 일본 함대에는 모두 여덟 척의 이지스함이 있었다.

그 말인즉, 한국의 1함대와 기동전단의 전투함들이 대함미사일을 모두 쏜다고 해도 일본 함대가 막아낼 수 있다는 소리였다.

그러니 주용운 함장은 일단 이지스함의 숫자부터 줄이려는 것이었다.

물론 이지스함이 없다고 대함미사일을 추적할 수 없는 것은 아니었다.

이지스함 말고도 일본 함대에는 대공을 담당하는 전투함이 포함되어 있었다.

다만, 이지스함보다 탐지할 수 있는 목표나 추적하는 목표가 적을 뿐이었다.

— 예, 잘 알겠습니다. 그런 선배님이 일본 2함대와 6함대 기함을 맡아주십시오. 전 3함대와 7함대를 맡겠습니다.

"알겠네. 무운을 비네."

교신을 마친 주용운 제독은 비장한 눈으로 수평선 너머로 시선을 던졌다.

이제 잠시 뒤면 나라의 운명을 건 한판 승부가 푸른 동해에서 벌어질 것이다.

비록 전력상으로 부족한 해군이지만, 적을 맞아 한 치도 물러서지 않을 것을 다짐했다.

"우린 충무공 이순신의 후예들이다. 엄청난 수의 왜군을 맞아 단 열두 척의 함선으로 물리친 충무공의 후예가 바로 우리다. 비록 전방에 있는 일본 함대가 우리보다 많지만, 그것이 승리를 가져다주는 것은 아니다. 우린 죽음을 각오하고 임진년 우리의 선조들이 그랬던 것처럼 다시 한 번 승리를 거둬 나라를 지켜낼 것이다!"

주용운 제독은 무전을 통해 자신의 각오를 장병들에게 설파하였다.

장병들 역시 가슴을 울리는 웅변에 모두들 고함을 질렀다.

와!

비록 주용운 제독이 있는 함교까지 들리지는 않을 테지만, 그래도 좋았다.

주몽함의 승조원은 물론이고, 1함대와 기동전단에 속한 모든 장병들이 주용운 제독의 무전을 들었다.

그리고 그들의 가슴속에는 웅지가 피어올랐다.

◈　　　◈　　　◈

마이즈루 해군 기지를 떠나온 일본의 해군 함대는 독도 인근에 마중을 나온 대한민국 해군의 모습에 조소를 날렸다.

"겨우 두 개 함대도 되지 않는 함선을 끌고 나와 우리를 막겠다고? 어처구니가 없군."

"그렇습니다. 참으로 미개한 조센징들입니다."

이번 한반도 정벌군의 사령관으로 임명된 타다미 유우타 삼등해장 레이더에 포착된 한국 해군의 배치를 보고 헛웃음을 지었다.

그리고 그런 유우타 삼등해장의 말에 부함장 요미우리 해장보는 맞장구를 쳤다.

일본 제국주의에 심취해 있는 요미우리 해장보는 이번 한반도 정벌에 무척이나 기대를 걸고 있었다.

사실 요미우리 해장보는 우익 중에서도 과격 우익 단체인 천조회(天造會)의 일원으로, 이들은 근대 일본의 제국주의를 연구하는 집단이었다.

아니, 연구만 하는 것이 아니라 현대 일본이 나아가야 할 방향이 그것이라 여겼다.

이들은 예전 왕정복고를 꿈꾸던 이들처럼 천왕(일왕)이 다스리는 때야말로 일본이 정상에 선다고 생각하여 과격 시위는 물론이고, 특히나 한국과의 친교를 주장하는 이에게는 테러를 가하는 등 사회에 물의를 일으키기도 했다.

그로 인해 조직이 와해되긴 했지만, 아직 완전히 사라진 것은 아닌 조직이 바로 천조회였다.

그리고 그런 과격 사상에 심취한 요미우리 해장보이기에 한국인을 낮춰보는 것이 어쩌면 당연한 것일지도 몰랐다.

"음, 그나저나 위성이 없으니 답답하군."

예전이라면 인공위성이 보내주는 실시간 화면을 통해 상대를 살피며 작전을 수행했을 텐데, 적의 위치만 확인할 수 있는 레이더 화면만으로 전투를 치르려니 무척이나 답답했다.

"어쩔 수 없지 않겠습니까? 하지만 이렇게나 전력에서 월등한데, 설마 저희가 조센징들에게 지기라도 하겠습니까?"

전력면에서 두 배, 아니, 세 배 정도 차이가 나다 보니 요미우리 해장보의 얼굴에는 전혀 한국 해군에 대한 걱정이 없어 보였다.

하지만 그런 생각은 잠시 뒤 들려온 폭발음 소리에 삽시간에 사라졌다.

쾅!

쾅!

연달아 들려오는 폭발음에 유우타 삼등해장과 요미우리 해장보는 정신을 차릴 수가 없었다.

"무슨 일이야?"

"무, 무슨 일입니까?"

이들이 당황하고 있을 때, 함교 내에 있던 장교 중 한 명이 새된 비명을 질렀다.

"아악! 쵸카이가⋯⋯."

"악! 아타고가 피격되었습니다!"

갑작스러운 변고에 비명을 지르던 장교 한 명이 다급하게 유우타 삼등해장에게 보고를 하였다.

방금 전 들린 폭발음은 2함대 이지스함인 쵸카이와 3함대 소속 아타고가 주몽과 해모수함에서 발사된 레일건에 피격을 당한 소리였다.

아타고와 쵸카이는 단 한 번의 피격에 기수가 점점 기울며 침몰을 하고 있었다.

쵸카이의 경우 함미가 피격되어 기울어진 반면, 아타고는 정확하게 허리에 맞아 두 동강이 나 급속히 가라앉았다.

최강의 함선이라는 이지스함이 그 이름값도 못하고 허무하게 침몰한 것이었다.

"어서 구조선을 띄워 쵸카이와 아타고의 승무원들을 구출하라!"

유우타 삼등해장은 다급하게 무전을 날려 침몰하는 두 함선의 승조원들을 구출하라는 명령을 내렸다.

하지만 그가 명령을 내리고 있을 때, 이미 두 동강 난 아타고는 깊은 동해 바다 아래로 모습을 감췄다.

그리고 함미가 뻥 뚫린 쵸카이의 승무원들은 기울어진 함선의 난간을 잡고 어떻게든 빠져나가기 위해 안간힘을 쓰고 있었다.

하지만 피격을 당한 위치가 너무도 절묘한데다 파괴된 부위가 너무도 커 급격히 유입되는 바닷물 탓에 탈출이 요원해 보였다.

그 순간, 그나마 아직 가라앉지 않은 쵸카이에 접근해 승조원들을 구출하려던 일본 해군에게 긴급 피난 명령이 떨어졌다.

— 위잉! 떨어져라! 위험하다. 쵸카이에서 떨어져라! 다시 한 번 반복한다. 쵸카이가 침몰하려고 한다. 쵸카이에서 떨어져라!

쵸카이의 승무원들을 구출하고 있던 도중 다급히 날아든 무전에 군인들이 고개를 갸웃거리고 있을 때, 쵸카이가 급격히 바닷속으로 빨려 들어가는 모습이 눈에 보였다.

구명보트에 타고 있던 군인들은 그 모습에 아직 바다 위에 떠 있는 승무원들을 놔두고 급격히 쵸카이에서 멀어졌다.

그들이 그렇게 행동한 이유는 다름 아닌 안전을 위해서였다.

배가 침몰할 때 발생하는 와류에 의해 자신들도 빨려 들어갈 수 있기 때문이었다.

실제로 쵸카이 승무원 중 일부는 와류에 휘말려 바닷속으로 빨려 들어갔다.

쾅! 쾅!

일본 해군이 침몰하는 아타고와 쵸카이에 정신이 팔려 있던 그때, 또다시 커다란 폭발음이 들렸다.

고개를 돌린 그들의 눈에 이번에는 6함대 기함인 후소와 7함대 기함인 야마시로가 피격되는 모습이 보였다.

다행스럽게도 두 함선은 조금 전 침몰한 쵸카이나 아타고와 다르게 피격은 당했지만 당장 침몰하지는 않았다.

다만, 피격된 곳이 함교와 레이더가 있는 위치라서 앞으로 전투를 수행할 수 있을지 의문이었다.

콰쾅! 펑!

하지만 다행이라는 생각을 하기 무섭게 조금 전 피격을 당한 후소와 야마시로에 또다시 피격이 가해졌고, 곧 커다란 폭발을 일으키며 불타올랐다.

이번에는 미사일을 탑재한 함수 쪽에 피격을 당해 유폭이 일어난 것이었다.

숫자로 따지면 서른두 척의 전투함 중 불과 네 척에 불과하지만, 문제는 단순한 전투함 네 척이 아니라는 점이었다.

함대의 꽃이라 불리는 이지스함. 무적의 군함이라 이름 붙여진 이지스함 네 척이 적의 모습도 보지 못하고 바닷속으로 가라앉았다.

한국 해군에 비해 여전히 배 이상의 전투함이 남아 있지

만, 일본 해군 병사들의 마음속에 일본을 떠나올 때의 자신
감은 그 어디에도 남아 있지 않았다.

동해에서 대한민국의 해군 1함대와 기동전단이 일본의
네 개 함대를 맞아 전투를 벌이고 있을 때, 서해에서도 중
국 해군과 대한민국 해군 2, 3함대 간의 전투가 벌어졌다.

다만, 동해에서 1함대와 기동전단이 조금은 일방적인 전
투를 벌이고 있다면, 서해에서는 숨 막히는 교전이 벌어지
고 있었다.

2함대 기함인 온조함이 장거리 포격으로 접근하는 중국
해군의 군함들을 피격시켰지만, 파괴되거나 전투 불능에 빠
진 군함의 숫자에 비해 남아 있는 함선의 숫자가 너무도 많
았다.

마치 6.25 사변 때 중공군의 인해전술을 보듯, 공격을
받으면서도 끝없이 접근하는 중국 해군의 함선들로 인해 대
한민국 2, 3함대는 어쩔 수 없이 거리를 내주고 교전을 할
수밖에 없었다.

쾅! 쾅!

슝! 슝!

서로를 향해 대함미사일이 날아가고, 또 자신에게 날아오는 대함미사일을 요격하기 위해 보유한 요격미사일을 발사하는 등 한국과 중국 해군의 전투함들은 정신없이 미사일과 각종 무기들을 쏟아냈다.

— 함장님! 남서쪽 500㎞ 지점에서 대규모 비행 물체가 포착되었습니다.

2함대 기함인 온조함의 인공지능 '온조'가 함장인 박영표 제독에게 보고하였다.

해모수급 순양함에는 함선을 컨트롤할 슈퍼컴퓨터 대신 인공지능 컴퓨터가 탑재되어 운용을 돕고 있었다.

"중국의 항공모함에서 발진한 전투기들인가 보군."

박영표 제독은 온조의 보고에 방금 나타난 전투기 편대들이 어디서 날아오는 것인지 알 수 있었다.

분명 중국 해군에 항공모함이 있음을 알고 있는 박영표였다.

그런데 조금 전 전투에서는 항공모함이 보이지 않았다.

정보에 의하면 세 척의 원자력 항공모함이 정비를 위해 상해에 입항했다가 특공대에 의해 침몰했다고 들었다.

하지만 세 척의 항공모함이 침몰했다 해도 중국 해군에는

GREAT
그레이트 코리아
KOREA

아직도 여섯 척의 항공모함이 남아 있었다.

비록 세 척은 연식이 오래되어 운항이 어려울 것이라고 하지만, 전투기를 실어 나르는 정도는 할 수 있었다.

어차피 항공모함의 전투력이란 바로 함재기의 숫자에서 나오는 것이지, 항공모함 자체적인 전투력에 있는 것은 아니었다.

그러니 장시간 운행을 하지 못한다 해도 충분히 제 역할은 할 수 있었다.

그러니 중국 해군의 항모 여섯 척이 모두 모인다면 170여 대의 전투기를 실어 나를 수 있었다.

즉, 한 번의 전투에 170대의 전투기들이 동원된다는 소리였다.

전투함의 숫자에서도 열세인 상황에서 100대가 훨씬 넘는 전투기들까지 끼어들게 된다면, 아무리 첨단 장비로 무장하고 있는 대한민국 해군이라도 대응하기가 힘겨웠다.

"대한함에 먹이가 도착했다고 연락해."

박영표 제독은 인공지능 온조에게 명령을 내렸다.

그동안 대한민국 해군이 꼭꼭 숨겨둔 항공모함인 대한함을 호출한 것이었다.

전력이 열세인 상태에서도 대한민국 해군은 대한민국 최

초의 항공모함인 대한함을 드러내지 않았다.

중국 해군이 아직 항공모함을 전선에 투입하지 않은 탓이었다.

이미 인공위성을 통해 존재가 드러났음에도 불구하고 전투에는 동원하지 않는 모습에 뒤를 치려고 한다는 것을 짐작할 수 있었다.

그래서 대한민국 해군도 대한함을 따로 숨겨두었다가 중국군이 항공모함을 동원하면 그때 그들을 상대하려고 했던 것이다.

무엇보다 대한함은 중국의 항공모함과 다르게 대형급 항모였다.

비록 재래식 항공모함이 원형이기는 하지만, 미국으로부터 인도 받아 개수를 하면서 대한함은 재래식 항공모함의 탈을 벗어버리고 새롭게 환골탈태하였다.

비록 원자력 항공모함은 아니지만, 대한함은 많은 연료가 필요 없었다.

원자력을 능가하는 플라즈마 발전기를 내장하였기 때문이다.

그로 인해 원자력 항공모함처럼 많은 공간을 활용할 수 있게 되었는데, 대한민국 해군은 그 공간에 함재기를 배치하였다.

결국 대한함은 미국의 대형 항공모함들처럼 100여 대의 함재기를 탑재할 수 있었다.

비록 중국 해군의 함상 전투기 170여 대에 비해서는 부족하지만, 이전 중국 공군의 전투기들을 일방적으로 격추시킨 업그레이드 버전의 F/A—18E/F 슈퍼 호넷이기에 충분히 감당할 수 있다고 판단이 되었다.

그렇기에 군사령부에서는 부족한 전투기의 숫자를 공군에서 지원해 주기로 하였다.

지상에서 발진하는 F/A—18E/F 슈퍼 호넷과 F—15K 슬램 이글은 먼 거리를 비행해야 하기에 보조 연료 탱크가 필요하지만, 공군이 지원을 해준다면 충분히 해볼 만한 전투였다.

그리고 F—15K 슬램 이글은 막강한 무장 능력을 가지고 있으며, 두 발의 공대함미사일까지 장착하고 있었다.

청와대 지하, 전쟁 사령부.

동해에서 교전이 시작되었다는 소식 이후로 더 이상의 보고가 들어오지 않는 상황.

그 때문에 초조해진 윤재인 대통령과 군 사령관들은 도저히 견딜 수가 없어 지킴이 PMC에 통신을 요청하였다.

요청을 받은 문익병 사장은 위성 센터의 코드를 열어 청와대 전쟁 사령부와 연결하였다.

어차피 지킴이 PMC 지하 위성 통제 센터에서도 군인들이 인공위성을 조작하고 있기에 문제가 될 일은 없었다.

그렇게 지킴이 PMC로부터 위성 정보를 실시간으로 전달 받게 된 청와대는 동해에서 벌어진 해전 상황을 뒤늦게 확인할 수 있게 되었다.

위성에서 내려다보는 화면이기에 처음에는 눈에 익지 않아 피악 구분이 잘되지 않았다.

하지만 이런 것을 예상했는지 지킴이 PMC 위성 통제 센터에서는 화면을 송출할 때 일본 해군 함대와 대한민국 해군 1함대와 기동전단을 따로 붉은색과 파란색으로 구분하고, 또 각 함선에 함선명까지 표기하여 보내주었다.

덕분에 청와대에서는 보다 보기 편해진 화면으로 일본과 벌어지는 해상 전투를 확인할 수 있었다.

"허허, 적은 숫자에도 잘 싸우고 있군요."

윤재인 대통령은 검은 연기를 피워 올리고 있는 붉은색

일본 함정과는 반대로, 적은 숫자에도 어떤 피해도 없어 보이는 아군의 모습에 웃음을 지으며 말했다.

조금 전 상황을 알지 못할 때는 걱정을 했는데, 막상 전투 상황을 알게 되니 조금은 여유로워진 것이다.

사실 전력 면에서 대한민국 해군은 일본에 비해 열세란 것이 일반적인 견해였다.

비단 일본만의 자의적인 판단이 아니라 전 세계가 인정하는 사실이었고, 대한민국 해군도 이견이 없었다.

그렇기에 출전을 하면서도 목숨을 바쳐 막겠다는 각오로 전투에 임했는데, 드러난 결과는 정반대였다.

절반에도 미치지 못하는 전력으로 일본의 네 개 함대를 맞아 되레 우세한 전투를 벌이고 있는 것이다.

검은 연기를 피워 올리고 있는 일본의 군함들의 숫자가 무려 10여 척에 달했다.

뿐만 아니라 벌써 반쯤 침몰한 군함들도 상당했다.

그에 반해 아군의 함선들은 전혀 피해가 없었다.

그때, 이상한 것이 사람들의 눈에 띄었다.

"정 장군."

"예, 대통령님."

"저기, 우리 아군 군함의 뒤에 있는 저것은 대체 무엇입니까?"

윤재인 대통령이 언급한 검은 상자는 가끔 작은 불꽃을 피워 올리고 있었는데, 화면에는 어떠한 표시도 없기 때문에 그 정체를 알아내기가 어려웠다.

하지만 질문을 받은 정승환 대장도 별다른 대답을 할 수가 없었다.

사실 그도 알고 있는 것이 없었기 때문이다.

정승환 대장은 고개를 돌려 해군 사령관을 쳐다보았다.

"이제동 사령관, 저게 뭔지 알려줄 수 없습니까?"

실내에 있던 사람들의 시선이 자신에게 모이자 이제동 사령관은 잠시 헛기침을 하고는 입을 열었다.

"흠, 저, 그것이… 저것은 바지선입니다."

"바지선?"

이제동 해군 사령관의 말에 사람들은 고개를 갸웃거렸다.

전쟁이 한창인 곳에서 무슨 이유로 바지선이 있는 것인지, 그 이유를 알 수 없었기 때문이다.

그런 마음을 이해한다는 듯 이제동 사령관은 바로 궁금증을 해소해 주었다.

"사실 우리 해군의 함선 수는 일본 해군에 비해 압도적으로 적습니다."

"그렇지요."

"예. 근래 최신형 군함이 건조되었다고 하지만, 일본이 취역시킨 군함들의 숫자에 비해 너무도 부족하지요. 그래서 해군 장병 중 한 명이 이번 전쟁에 아이디어를 낸 것입니다."

"아이디어요?"

"네, 그렇습니다. 함대함 전투에선 원거리 타격 무기인 미사일이 승패를 좌우합니다. 그리고 미사일에는 군함을 파괴하는 대함미사일이 있으며… 그런 이유로 부족한 함선을 대신해 적의 대함미사일을 요격할… 천하 디펜스에서 개발한… 그래서 바지선에 대량의 요격미사일을 싣고 전장에 끌고 간다면 부족한 전투함을 대신해 사용할 수 있다고 판단을 내렸습니다."

"아, 기발한 발상의 전환입니다."

윤재인 대통령은 이제동 사령관의 이야기를 모두 듣고 감탄을 금치 못했다.

부족한 함선 숫자를 대신해 바지선에 요격미사일을 싣고 전장에서 사용한다는 생각을 하다니.

사실 군함을 파괴하는 데에는 한 발 또는 두 발 정도의 대함미사일이면 충분했다.

다만, 중간에 요격을 받을 것을 감안해 많은 숫자의 대함미사일과 그 이상으로 요격미사일을 싣는 것이었다.

당연한 사실이지만, 전투함의 숫자에서 밀리다 보니 요격미사일의 숫자나 대함미사일의 숫자 또한 일본 해군에 비해 부족할 수밖에 없었다.

그 말인즉, 아군이 발사한 대함미사일이 중간에 요격될 가능성이 높고, 또 그와 반대로 적이 발사한 대함미사일을 요격할 미사일이 부족해 피격될 확률이 높아진다는 뜻이기도 했다.

그런데 해군은 이런 문제를 최신형 요격미사일의 성능을 활용해 해결하였다.

다수의 바지선을 동원해 부족한 요격미사일의 숫자를 채우고, 요격미사일을 실어야 할 전투함에는 보다 많은 숫자의 대함미사일을 탑재하였다.

즉, 전투함과 바지선이 각각 역할별로 미사일을 분담한 것이다.

전투함은 적 군함을 목표로 대함미사일을 발사하고, 적의 대함미사일은 바지선에 싣고 있는 요격미사일을 원격으로 조종하여 막아냈다.

그랬기에 조금 전 화면에서 바지선이 가끔 작은 불꽃을

피워 올리는 장면이 보였던 것이다.

의문이 풀리자 대통령과 장군들은 다시 느긋하게 전투를 지켜볼 수 있었다.

8.
불타는 서해 하늘

"메이데이! 메이데이! 메이데이!"

일본 해군 3함대 소속 구축함, 시라네의 함장 하루나 준 일등해좌는 점점 기울어가는 함선에서 승조원을 구하기 위해 국제 해난 구조 신호를 보냈다.

하지만 그런 구조 신호를 보내는 군함은 비단 시라네뿐만이 아니었다.

한반도를 정복하겠다며 마이즈루를 위풍당당하게 나섰던 일본의 해군 함대는 지금 절반에도 못 미치는 수의 대한민국 해군 함대를 맞아 일방적으로 당하고 있었다.

함선의 숫자나 총 배수량을 따져도 비교가 되지 않는 전력이었는데, 전투 결과는 그 반대로 나타나고 있었다.

교전 초기에 기습을 당해 방공을 담당하던 이지스함들이 침몰하거나 전투 불능에 빠지면서 일본 해군 함대는 힘 한 번 써보지 못하고 일방적으로 당했다.

게다가 일본 해군 지휘관들은 한국 해군 함정들이 알고 있는 것과는 전혀 딴판이라는 사실에 놀랄 수밖에 없었다.

물론 신형 해모수급 순양함에 대해 알려진 것은 별로 없지만, 어차피 한국 해군의 능력에 대하여 잘 알고 있던 일본 정보부는 그저 한국의 이지스함인 세종대왕급의 확장판 정도라 예상하였다.

그 이상의 것이라고 해봐야 미국의 줌왈츠 급 구축함 정도밖에 없는데, 미국의 줌왈츠는 무려 레일건 구축함이었다.

그에 대해서는 아직 일본도 가지지 못한 것이니 당연히 한국도 그럴 것이라 판단을 내렸고, 해군 사령부에서도 그렇게 결론 내렸다.

하지만 교전이 시작되고 얼마 지나지 않아 자신들이 한국 해군을 너무도 낮게 봤다는 것을 깨달았다.

한국 해군에는 미국처럼 레일건을 탑재한 군함이 있었던 것이다.

레일건이 아니라면 초기 방공을 담당하던 이지스함인 쵸카이와 아타고가 아무런 방비도 없이 피격을 받아 침몰할 이유가 없었다.

더욱이 한국의 함대는 교전 가능 거리의 바깥인 280㎞ 떨어진 거리에 있었지 않은가. 그 의미는 한국 해군에 사거리 280㎞ 이상의 무기가 있으며, 그것이 절대로 미사일은 아니었다.

만약 피격한 물체가 미사일이었다면 이지스함인 쵸카이나 아타고가 사전에 그것을 보지 못할 이유가 없었다.

더욱이 쵸카이와 아타고 함이 피격을 당할 때까지 여섯 척이나 되는 이지스함이 아무도 한국 함대의 공격을 포착하지 못했다.

결국 1,000㎞ 밖의 비행체도 포착하는 이지스함의 레이더를 무용지물로 만들 수 있는 무기가 한국 해군에 있다는 뜻이었고, 현대 무기 체계 중에 그러한 것은 고출력 레이저 무기와 레일건이 유이했다.

그리고 하루나 준 일등해좌는 똑똑히 보았다, 아타고 함이 침몰하기 전 최초 피격을 당했을 때를.

선체에 커다란 구멍이 뻥 뚫려 있던 모습.

하루나 준 일등해좌는 그때 알았다. 한국 해군은 이전에 알던 그들이 아님을 말이다.

아니, 자신들만 아니라 전 세계가 한국에 대해 잘 알지 못하고 있었다.

그 때문에 하루나 준 일등해좌는 빠르게 자신의 승조원들에게 지시를 내려 전장 이탈을 시도하였다.

하지만 그러기에는 너무도 늦어버렸다.

급속 항진을 한 탓에 어느새 교전 거리 내로 접어들어 서로 대함미사일을 발사하며 교전을 벌이는 도중이었다.

너무 깊숙하게 들어와 버린 것이었다.

결국 하루나 준 일등해좌의 예상대로 일본 함대의 전투함들은 빠르게 침몰하거나 전투 불능에 빠지고 말았다.

지금도 한국 해군 함정의 공격을 받아 기울고 있는 아군 함정의 모습을 보며 하루나 준 일등해좌는 하염없이 눈물을 흘렸다.

하지만 하루나 준 일등해좌를 더욱 암담하게 만드는 것은 막강 일본 해군의 전투함들이 침몰하고 있을 때, 한국 해군의 전투함들은 너무도 멀쩡한 모습이라는 점이었다.

한국 해군의 전투함들은 엄청난 숫자의 요격미사일을 발사하며 일본 함정이 발사하는 대함미사일을 요격했다.

어찌어찌 요격미사일을 피해 다가간 미사일은 CIWS(근접 방어 시스템)에 의해 파괴되었다.

그마저도 뚫고 접근을 한다 해도 플라즈마 실드에 의해 막혔다.

몇 년 전, 전차의 방어 시스템으로 개발되었던 플라즈마 실드가 어느새 함선에서 사용할 수 있는 크기로 개량되어 있는 것이었다.

피해를 무릅쓰고 거리를 확보하여 공격에 성공했지만, 결국 아무런 소용이 없었다.

그 모습을 확인한 일본 함대의 지휘관들은 허탈한 심정이었다.

"항복! 항복한다! 다시 한 번 반복한다! 우리는 졌다! 항복을 하겠다!"

하루나 준 일등해좌는 급기야 공용 주파수로 항복을 선언하였다.

그러면서 아직 살아 있는 일본군 함선에도 항복할 것을 종용했다.

— 메이데이! 메이데이! 메이데이!

공용 주파수로 긴급 구조 신호가 울려 퍼졌다.

한창 일본군을 맞아 정신없이 전투를 치르던 중에 날아든 무전으로 인해 강감찬은 잠시 망설였다.

물론 그가 망설이는 순간에도 해모수함의 인공지능인 해모수는 아군을 향해 날아오는 일본의 대함미사일을 열심히 추적해 요격하고 있었다.

— 함장님, 무슨 고민이 있으십니까?

인공지능 해모수는 명령을 내리다 말고 갑자기 말이 없어진 강감찬 제독에게 말을 걸었다.

"전황이 어떤가?"

강감찬 제독의 질문에 해모수는 바로 답변을 하였다.

— 첫 교전에 들어가고 30분이 흐른 현재, 적의 전투함 서른두 척 중 열다섯 척 침몰, 여덟 척 반침, 다섯 척 대파, 세 척 반파되었… 정정합니다. 침몰 열여섯 척으로 한 척 더 늘었습니다.

강감찬 제독은 해모수의 보고를 들은 후, 전 함대에 무전을 날렸다.

"여기는 해모수함. 전투를 중단하고 교전 거리에서 벗어나라."

이미 일본 측에서 구조 신호를 보내온 것을 들었고, 또 해모수의 보고에 의하면 일본 함대는 전투 능력을 완전히 상실했다.

더 이상 위협이 되지 않는 상대를 끝까지 공격한다는 것은 전투가 아닌 학살일 뿐이었다.

지금이야 미사일이 폭발하고 함대가 침몰하는 자극적인 모습과 전투의 광기에 취해 모르고 있겠지만, 전투가 끝난 후 참전했던 장병들이 겪게 될 현상이 걱정되었다.

그렇기에 강감찬 제독은 더 이상 전투를 할 필요성을 느끼지 못하고 전투 중단을 선언했다.

— 강감찬 제독, 무슨 일이야? 전투를 중단하다니?

하지만 주몽함의 선장인 주용운 제독은 약간 생각이 다른 듯했다.

"제독님도 일본군의 구조 신호를 받으셨을 것입니다."

— 듣기야 했지. 하지만……

"예, 저도 제독님이 무슨 말씀을 하시려는 것인지 잘 알고 있습니다. 하지만 일본의 함대는 이미 전투 능력을 상실하였습니다. 더 이상의 교전은 학살입니다, 제독님."

강감찬 제독은 주용운 제독을 설득하며 말했다.

생각에 잠긴 듯 말이 없는 주용운 제독.

그로 인해 잠시 무전이 중단되었다.

— 항복! 항복한다! 다시 한 번 반복한다! 우리는 졌다! 항복을 하겠다!

그렇게 침묵이 흐르던 중 공용 주파수를 타고 다시 한 번 일본어로 무전이 들려왔다.

다른 말은 잘 알아듣지 못하겠지만, 항복이라는 말은 알아들을 수 있었다.

— 일본 함대에서 항복을 하였습니다. 어떻게 하시겠습니까?

해모수는 일본의 무전에 어떻게 대응할 것인지 강감찬 제독에게 물었다.

"공용 주파수로 바꿔 일본에 말해. 항복을 할 것이면 전투 레이더를 오프시키고 모든 승조원을 갑판에 나오라고 말이야."

강감찬 제독은 항복 의사를 확실하게 알 수 있도록 전투 태세를 풀고 모습을 드러낼 것을 요구했다.

해모수는 바로 공용 주파수를 열고 조금 전 강감찬 제독이 한 말을 그대로 일본어로 바꿔 송출하였다.

그러자 일본 함대의 함선에서 돌아가던 레이더가 동작을 멈추고 함선에 타고 있던 승조원들이 갑판 위로 뛰어나오는 모습이 보였다.

— 일본 함정에서 승조원들이 갑판에 모이는 것이 포착
되었습니다.

해모수가 위성을 통해 일본 함대가 정말로 항복했음을 전
해왔다.

— 와! 대한민국 만세!

그 순간, 일본 함대의 항복 선언이 1함대와 기동전단에
모두 전달되었는지 여기저기서 만세 소리가 들려왔다.

"휴……."

전투가 끝났다는 생각에 강감찬 제독은 안도의 한숨을 쉬
며 자리에 주저앉았다.

— 함장님, 일본 함대에서 물에 빠진 장병들을 구조해도
되는지 물어오고 있습니다.

"알았다. 허가한다. 그리고 요격미사일을 모두 사용한 바
지선을 일본 측에 제공해 주도록."

강감찬 제독은 해모수의 물음에 일본의 요구를 허가하고,
또 이미 목적을 완수한 바지선을 일본에 제공하여 승조원들
을 구출하는 데 도움을 주도록 지시를 내렸다.

— 알겠습니다. 그렇게 조치하겠습니다.

해모수가 강감찬 제독의 지시를 수행함과 동시에 다시 한
번 1함대 기함인 주몽함에서 무전이 날아왔다.

― 강감찬 제독, 승전을 축하한다.

"감사합니다, 제독님. 제독님도 승전 축하드립니다."

― 일본과의 전투는 끝났어. 하지만 아직 중국 해군을 상대하는 2함대와 3함대는 어려운 싸움을 하고 있을 것 같으니, 난 서해로 지원 가도록 하지.

"아닙니다, 제독님. 1함대가 서해로 가기보단 기동전단인 저희가 가는 것이 맞습니다. 저희가 지원 나가겠습니다. 제독님께서는 이곳 전장을 수습해 주시기 바랍니다. 그리고 아직 일본에는 세 개 함대가 남아 있습니다. 그들이 어떻게 나올지 모르니, 전력이 부족한 저희보단 1함대가 남아 동해를 지켜주시는 것이 나을 것입니다."

강감찬 제독은 주용운 제독의 뜻을 알아차리고는 자신의 함대가 지원을 가는 것이 낫겠다고 판단했다.

사실 그것이 이치에도 맞았다.

1함대의 설립 목적은 동해를 지키는 것이고, 2함대는 서해를, 그리고 3함대는 한반도의 남쪽 바다를 지키는 것이다.

그리고 기동전단은 해외 파병이나 전력 지원을 하기 위해 설립된 전단이니, 이번에도 자신들이 2, 3함대를 지원하는 것이 맞았다.

— 음, 알겠네. 그럼 이곳은 우리 1함대가 맡을 테니, 기동전단은 어서 2, 3함대를 지원하기 바라네.

"알겠습니다. 그런 수고하십시오."

1함대 기함, 주몽함의 선장인 주용운 제독과 통신을 마친 강감찬 제독은 일본 병사를 구조하는 데 도움을 주고 있던 기동전단 함선에 무전을 날렸다.

"기동전단 장병에게 알린다. 일단 하던 일을 중단하고 아직 교전을 벌이고 있는 아군을 지원하러 우리는 서해로 간다. 연결하고 있는 바지선을 때어낸다."

이미 요격미사일을 조금 전 교전에서 모두 사용하였기에 더 이상 바지선은 필요가 없었다.

더욱이 지원을 위해 서해까지 달려가야 하는데, 속도를 내는 데 방해되는 바지선을 굳이 매달고 갈 이유가 없는 것이다.

명령을 받은 장병들이 줄을 풀자마자 기동전단은 빠르게 서해로 향했다.

쾅! 쾅!

함선 가까운 곳에서 날아오던 미사일이 갑자기 폭발을 일으켰다.

어디 부딪친 것도 아닌데 공중에서 저절로 폭발을 한 것이다.

하지만 자세히 보면 푸르스름한 막이 살짝 보이다 폭발과 함께 사라졌다.

"상태를 보고하라!"

이순신함의 함장, 최기율 중령은 흔들리는 함선에서 중심을 잡기 위해 작전판을 붙잡으며 소리쳤다.

곧 여기저기서 보고가 들려왔다.

— 기관실, 이상 없습니다!

— 화력 통제실, 이상 없습니다!

다행스러운 보고가 들려오자 최기율 중령은 다시 명령을 내렸다.

"무기는 얼마나 남았나?"

지금 최기율 중령의 머릿속은 정신 없이 돌아가는 중이었다.

벌써 교전이 시작된 지 50분이나 지났다.

엄청난 숫자의 중국 해군을 맞아 정신없이 공격을 하고, 적이 쏜 대함미사일을 방어하기 위해 요격미사일을 쏘아

댔다.

그러다 보니 현재 자신의 배에 얼마나 무기가 남아 있는지 알 수가 없었다.

그런 최기율 중령의 명령에 무전이 날아왔다.

― 현재 두 발의 혜성 대함미사일이 남아 있습니다. 그리고 요격미사일인 낙일은 여섯 발이 남아 있습니다.

무기가 얼마 남지 않았다는 보고에 최기율 중령은 퇴각 명령을 내렸다.

남은 미사일들을 모두 소모하면 이순신함은 더 이상 전투를 지속할 수 없기 때문이다.

"기함에 알린다. 현재 이순신함은 남은 미사일을 모두 발사하고 전장을 이탈하겠다."

최기율 중령은 괜히 전투 능력도 없는데 전장에 남아 있는 것은 아군을 더욱 힘들게 하는 일이란 것을 알기에 신속하게 상황을 파악하고 전장을 이탈하겠다는 무전을 날렸다.

― 알겠다. 신속하게 전장을 이탈하기 바란다.

곧 2함대 기함인 온조함에서 최기율 중령의 보고에 답신을 보내왔다.

그리고 그런 전문은 2, 3함대의 모든 함정에 전달되었다.

전투 능력을 상실한 함선이 전장에 남아 있는 것은 짐밖에 되지 않는다.

아군이 해당 함선까지 보호해야 하기 때문에 오히려 부담이 되는 것이다.

그렇기 때문에 전투 능력을 상실한 함선은 빠르게 전장을 이탈해 아군의 부담을 줄여주는 것이 최선이었다.

남은 두 발의 대함미사일을 마저 쏟아부은 이순신함은 신속하게 전장을 이탈하여 보급함이 있는 후방으로 후퇴했다.

보급함으로부터 미사일을 보충 받아 다시 전장에 합류하기 위해서는 신속하게 움직여야 했다.

이렇듯 서해에서의 전황은 동해에서 벌어진 한국과 일본 해군의 전투와 사뭇 다른 양상을 보이고 있었다.

일방적인 전투를 치른 1함대와 기동전단과는 다르게 2, 3함대는 중국 해군의 엄청난 물량에 고전을 하고 있었다.

특히나 벌써 두 척의 배가 침몰하였다.

아무리 대한민국 해군 함선들이 플라즈마 실드라는 첨단 장비를 갖추고 있다고는 하지만, 물량에는 당해낼 수가 없었다.

2, 3함대도 1함대나 기동전단과 마찬가지로 바지선에 요

격미사일을 가득 싣고 방어에 나섰지만, 너무도 많은 중국의 대함미사일에 결국 방어망이 뚫리고 말았다.

그 때문에 이순신급 구축함 두 척이 이를 감당하지 못하고 피격을 당해 침몰하고 말았다.

물론 2, 3함대가 당하고만 있던 것은 아니었다.

업그레이드된 혜성 대함미사일은 중국 해군의 요격미사일을 회피해 목표에 명중하여 다수의 중국 함정을 파괴했다.

하지만 파괴되거나 침몰한 함선보다 아직도 남아 있는 중국 함선의 숫자가 압도적으로 많았다.

더욱이 중국 해군은 산동반도에서 날아오는 지대함 미사일의 지원을 받고 있기에 그들의 공격은 갈수록 한국 해군에 피해를 입히고 있었다.

"드디어 저들이 물러나기 시작했다. 계속 몰아쳐라!"

중국 북해 함대 사령관인 이해룡 상장은 치열했던 교전 중에 전장을 이탈하는 한국 해군 함정들이 하나둘 보이기 시작하자 고함을 지르며 더욱 몰아치라는 명령을 내렸다.

그런 사령관의 명령에 중국 해군은 계속해서 화력을 쏟아 부었다.

마치 그것만이 자신들이 할 일이라는 듯 무한정으로 대함 미사일을 발사하였다.

하지만 메이드 인 차이나는 어쩔 수 없는 것일까?

중국 해군이 발사하는 대함미사일은 목표인 한국 해군 함선에 날아가는 것보단 엉뚱한 방향으로 날아가거나 중간에 엔진 결함으로 바다에 빠지는 것이 대다수였다.

그나마 많은 숫자가 쏘아지다 보니 열두 척에 불과한 한국 해군으로서 모두 요격한다는 것은 요원한 일이었다.

하지만 어떻게 된 일인지 분명 명중을 한 것 같은데 침몰하거나 피해를 입은 함선은 보이지 않았다.

그 때문에 초조하게 결과를 지켜보고 있었는데, 드디어 손실을 입은 듯한 모습이 보였다.

그뿐만이 아니라 몇몇 함선들이 전장을 이탈하는 모습까지 눈에 띄었다.

철벽과도 같던 한국 해군의 방어막이 엷어지기 시작했다는 생각에 중국 해군의 지휘관들은 부하들을 독려해 한국 해군을 더욱 압박해 나갔다.

하나둘 아군 함선들이 전장을 이탈하자 대한민국의 2, 3함대는 결국 전선을 뒤로 물릴 수밖에 없었다.

부족한 숫자로 인해 더 이상 전선을 유지할 수 없었기 때문이다.

그나마 함선들이 새롭게 개장한 덕분에 빠르게 전장을 이탈할 수 있었다.

비록 전선을 물리기는 했어도 많은 전과를 올렸다는 사실에 위안을 삼을 수도 있겠지만, 아군 함정도 두 척이나 잃었기에 그리 기분은 좋지 못했다.

다행이라면 동해에서 일본의 네 개 함대를 맞아 전투를 치른 1함대와 기동전단이 대승을 거뒀고, 기동전단이 지원을 오고 있다는 사실이었다.

중간에 무장을 보충하기 위해 조금 시간이 필요하겠지만, 어찌 되었든 일본의 공세는 무난하게 해결한 셈이었다. 이젠 자신들이 맡은 곳만 안전하게 막아낼 수 있다면 이번 전쟁에서 유리한 고지를 차지할 수 있었다.

온조함의 함장인 박영표 제독은 냉정하게 전장을 살피며 그렇게 생각했다.

"함대 지휘관들 연결해!"

― 알겠습니다.

박영표 제독의 명령에 인공지능 온조가 곧바로 통신망을 연결하였다.

— 연결되었습니다.

"각 함선들 보고해."

곧 휘하 함선들로부터 보고가 이어졌다. 그런 후, 전장 상황을 파악한 박영표 제독은 다시 명령을 내렸다.

"현재 본 전단은 전력의 열세로 전선을 유지할 수가 없는 상황이다. 그러나 다행인 것은 일본 해군과 교전이 벌어진 동해에서는 아무 피해 없이 승전을 이끌어냈으며, 현재 기동전단이 우릴 지원하기 위해 오고 있다."

박영표 제독은 현재의 전황을 설명하며 전선을 아래로 내릴 것을 제안했다.

— 알겠습니다.

모든 함장들이 자신의 말에 동의하자 그제야 박영표 제독의 표정이 조금은 풀렸다.

많은 숫자의 중국 함선을 전투 불능으로 만들었지만, 아직도 적은 많이 남아 있었다.

그랬기에 박영표 제독은 기동전단이 동해가 아닌 이곳에 파견되었으면 어땠을까 하는 생각이 들었다.

그도 인공지능 온조를 통해 동해에서 벌어진 일본 해군과의 교전 내용을 실시간으로 인식하고 있었다.

다행히 동해의 전투 결과는 자신의 소망대로 빠른 시간 내에 대한민국 해군의 승리로 마무리되었고, 기동전단이 지원을 오고 있는 중이었다.

그는 레일건을 탑재한 해모수급 순양함이 해전에서 어떠한 위용을 보이는지 이번 해전을 통해 깨달았다.

100㎞ 떨어진 곳에서부터 적을 타격할 수 있고, 또 일격에 침몰시킬 수 있는 화력.

하지만 그 위력을 제대로 살리지 못한 느낌이었다.

그저 엄청난 숫자의 중국 함대를 상대로 세숫대야에 물 받아놓고 젓가락으로 휘저은 정도였다.

두 척의 레일건 순양함이 있던 동해에서는 압도적인 화력을 앞세워 해전을 조기에 끝내 버렸다.

서른두 척이나 되던 일본의 함대는 초기에 이지스함을 잃고 가진바 능력을 보이기도 전에 지리멸렬하였다.

박영표 제독은 그러한 전투 결과와 비교를 해니 무척이나 안타까운 마음이 들었다.

그리고 기동전단을 자신 쪽으로 합류시키지 못한 것이 너무도 원통했다.

교전 중 침몰한 아군의 전투함 승조원들을 떠올리니 뒤늦게 후회가 든 것이다.

사실 자신이 조금만 더 적극적으로 상부에 요구했다면 충분히 관철될 수 있는 문제였는데, 그러지 못해 불필요한 인명 피해가 발생했다는 자책감이었다.

같은 시각, 이어도 북쪽 100㎞ 해상에서는 중국의 항공모함에서 발진한 전투기들과 대한함에서 발진한 대한민국해군 소속 전투기들 간의 공중전이 한창 벌어지고 있었다.

슝! 쾅!

투두두두! 투두두두!

170여 대의 J—31 스텔스 전투기는 전장을 이탈하는 한국 해군의 뒤를 급습하기 위해 빠르게 날아왔다.

하지만 그들은 목표에 도달하기도 전에 난관에 부딪쳤다.

대한민국 최초의 항공모함인 대한함에서 발진한 F/A—18E/F 슈퍼 호넷 편대에 의해 기습을 당한 것이었다.

겉으로 드러난 스펙만으로는 한국 해군의 F/A—18E/F 슈퍼 호넷 편대가 중국 해군의 J—31을 이길 수 없었다.

그 이유는 J—31은 스텔스 전투기이고, F/A—18E/F 슈퍼 호넷은 그저 평범한 함상 전투기이기 때문이다.

하지만 그것은 말 그대로 외부로 알려진 전투기의 제원에 지나지 않았다.

한국 해군의 F/A—18E/F 슈퍼 호넷은 미국으로부터 인도를 받은 뒤 엄청난 대수술을 받았다.

레이더는 물론이고, 여러 가지 장비들이 첨가되어 엄청난 업그레이드를 한 것이다.

즉, 겉으로 봐선 별로 달라진 것이 없지만, 내부적으로는 전혀 다른 전투기가 되었다.

공군의 것과 마찬가지로 수한이 개발한 그리스 마법을 사용할 수 있는 장비를 갖춘 덕분이었다.

그러니 중국 해군의 J—31은 F/A—18E/F 슈퍼 호넷의 눈을 피할 수 없었지만, 반대로 슈퍼 호넷을 볼 수는 없었다.

때문에 생각지도 못한 기습으로 인해 J—31은 무려 절반이 슈퍼 호넷의 첫 공격에 격추되었다.

몇몇 J—31 전투기 조종사들은 락온되었다는 사실을 깨닫자마자 탈출하여 목숨을 건졌지만, 그렇지 않은 이들은 전투기와 함께 산화되었다.

쾅! 쾅!

곧 300여 대에 이르는 전투기 간의 공중전이 푸르른 서해 상공을 붉게 물들였다.

다만, 붉게 화염을 피워 올리는 것은 일방적으로 격추되는 중국군 전투기에 의해서였다.

그도 그럴 것이, J—31은 조준을 하려 해도 F/A—18E/F 슈퍼 호넷에 장착되어 있는 그리스 마법 때문에 락온을 시킬 수 없었고, 그와 반대로 F/A—18E/F 슈퍼 호넷은 아무런 방해 없이 미사일을 발사해 대니 어쩔 도리가 없었다.

중국군 J—31이 F/A—18E/F 슈퍼 호넷을 격추시키기 위한 방법은 가까운 거리에서 기체 한쪽에 장착되어 있는 기총을 활용하는 것뿐이었다.

하지만 그런 도그 파이팅을 하기에 J—31은 절대 좋은 기체가 아니었다.

스텔스 전투기는 성능의 우세를 바탕으로 적의 시야에서 벗어난 거리에서 미사일을 발사해 적기를 격추하는 것이 기본 방식이었다.

그러기 위해서는 무엇보다 레이더를 회피할 수 있는 스텔스 성능이 우선적으로 요구되는데, 그를 위해 많은 것을 포기해야 했다.

그중 대표적인 것이 바로 기동성과 선회 능력이었다.

하지만 F/A—18E/F 슈퍼 호넷은 그런 점에 전혀 구애

받지 않았다.

스텔스 전투기라고 해서 최강인 것은 아니란 소리였다.

아니, 레이더를 회피하는 스텔스 기능을 뺀 나머지 기능은 기존의 전투기들이 훨씬 유리했다.

물론 몇몇 기동성이나 선회 능력 등 모든 면에서 완벽한 예외적인 스텔스 전투기가 있기는 하지만, 중국의 J—31이나 J—20은 그에 해당되지 않았다.

이는 자체 개발이 아닌, 남의 것을 몰래 가져다 복제한 것의 한계였다.

그런 탓에 비록 숫자는 J—31이 많음에도 전투의 결과는 일방적으로 펼쳐지고 있었다.

9.
심판

대한민국 해군은 전선을 조금씩 뒤로 물리면서도 끈질기게 중국 해군을 물고 늘어졌다.

　물량으로 대한민국 해군을 압도하려는 중국 해군을 맞아 2, 3함대, 그리고 지원을 온 기동전단은 우세한 사거리를 바탕으로 치고 빠지는 전술을 선보였다.

　사거리가 300㎞에 이르는 레일건이 한 번 불꽃을 뿜을 때마다 중국 해군의 함정 하나가 굉침하였다.

　두 척의 레일건 순양함에서 쏟아지는 화력이 전장의 상황을 일방적으로 바꿔가고 있었다.

　쾅!

"피해 보고해!"

중국 해군의 이지스함인 난주함 함장, 우성리 소장은 신경질적으로 소리쳤다.

방금 전, 선체가 피격당한 것 때문에 긴장과 공포가 몰려온 탓이었다.

이내 함교에 있던 장교가 보고를 하였다.

"선수가 파괴되었습니다!"

"뭐? 선수가 어떻게 돼?"

"선수 부위가 적의 공격을 받아 파괴되었습니다. 더 이상 항해가 불가능합니다."

장교는 괴로운 표정으로 대답하였다.

그의 말대로 난주함의 선수는 마치 모서리를 잘라낸 케이크처럼 처참하게 박살 나 있었다.

그 때문에 파도가 칠 때마다 바닷물이 파손된 부위로 쏟아져 들어왔다.

당장 조치를 취하지 않으면 얼마 지나지 않아 가라앉을 것이 분명했다.

하지만 함장인 우성리는 생각하는 바가 다른지 인상을 쓰며 소리쳤다.

"내 사전에 후퇴란 없다! 겨우 소국의 해군 따위를 이 내가 피한다니, 말도 되지 않는다!"

"하지만 이대로 있다간 침몰합니다!"

보고를 하는 장교가 울부짖듯 탄원했지만, 이미 귀를 닫은 우성리 소장에게는 닿지 않았다.

그저 치밀어 오르는 분노에 판단력을 잃고 저 멀리 수평선에 보이는 한국 해군 함정의 모습만이 그의 눈에 들어올 뿐이었다.

후퇴하는 한국 해군의 뒤를 치기 위해 출발했던 전투기들이 모두 격추되고, 오히려 한국 해군의 전투기들로 인해 많은 전투함들이 침몰되거나 전투 불능에 빠져 전장을 이탈했다.

그런데도 우성리 소장은 정신을 차리지 못하고 계속해서 돌진만을 외쳐 댔다.

사실 우성리 소장은 그리 뛰어난 함장은 아니었다.

그저 보통의 머리를 가지고 있으면서도 좋은 집안에서 태어났기에 지금의 지위에 앉은 위인인 것이다.

그런데 지금 그는 자신의 역량도 알지 못하면서 제가 잘나서 지금의 지위에 올랐다 착각에 빠져 전투에 임하고 있었다.

중국군 지휘관들의 필수 필독서인 삼국지에 너무도 심취

한 나머지 중국 외의 나라를 모두 오랑캐 내지는 소국이라 생각하는, 무척이나 전근대적인 사상도 그의 망상에 한몫을 했다.

그런데 지금, 엉뚱하게도 그런 고집이 나오고 있었다.

전장은 이상을 펼치는 꿈의 무대가 아니다.

한순간에도 생사가 갈리는 곳.

자신의 목숨뿐만 아니라 휘하 장병들의 생사가 잘못된 결정 한 번에 왔다 갔다 하는 것이다.

한데 부하 장교가 자꾸만 자신의 결정에 재고를 요청하자 우성리 소장은 급기야 눈이 돌아버렸다.

"지금 상관의 명령에 불복종하겠다는 것인가?"

우성리 소장의 경고에 부함장은 잠시 생각에 잠겼다가 이내 허리에 차고 있던 권총을 꺼내 들었다.

"꼼짝 마! 함장, 당신의 지휘권을 지금 이 시간부로 회수하겠습니다! 정상적인 정신상태가 아니라는 판단하에 당신의 신병을 구속합니다."

난주함의 승조원들이 모조리 수장될 수도 있는 상황에서 무작정 돌진만을 명령하는 우성리 함장을 더 이상 두고 볼 수 없었기 때문이다.

우성리는 어이가 없다는 듯 부함장의 얼굴을 쳐다보다 인상을 썼다.

"이대로 끝날 것이라 생각하나?"

"어쩔 수 없습니다. 함장님의 잘못된 판단으로 280여 명의 무고한 목숨을 잃을 수는 없습니다."

뚜벅뚜벅.

자신의 방에 구금된 우성리 소장은 인상을 쓴 채 서성이며 빠져나갈 궁리를 하고 있었다.

똑똑.

"누군가?"

"함장님, 접니다. 장지안 상사입니다."

"어쩐 일인가?"

우성리 소장은 예상치 못한 부하가 갑자기 찾아오자 조심스레 물었다.

"일단 풀어드리겠습니다."

끼익!

덜컹!

곧 문이 열리자 우성리 소장은 주변을 살폈다.

입구 앞에는 피를 흘리고 쓰러져 있는 병사가 보였다.

"음……."

우성리 소장은 상황이 심상치 않은 듯하자 신음성을 흘렸다. 하지만 자신을 구금한 부함장에게 붙은 병사라는 데 생각이 미치자 오히려 기분이 상쾌했다.

"자네가 처리한 것인가?"

"그렇습니다. 이 배의 주인은 우성리 소장님뿐입니다."

"그래, 이 배의 주인은 바로 나 우성리지. 그럼 이제 내 배를 찾으러 가야겠군. 준비되었나?"

"준비되었습니다."

장지안의 뒤에는 그를 따르는 병사들이 모여 있었다.

사실 장지안은 우성리의 집안에서 그를 보좌하기 위해 심어놓은 사람이었다.

그렇기에 우성리 소장이 지휘 권한을 상실하고 구금되자 기회를 엿보다 나선 것이었다.

우성리 소장은 장지안의 뒤에 도열한 병사들을 보며 차갑게 미소 지었다.

'감히 날 무시해? 모두 죽인다. 이놈이고, 저놈이고…….'

차갑게 빛나는 우성리 소장의 눈은 이미 정상인의 것이 아니었다.

탕! 탕! 탕!

함교의 문이 열리고 동시에 총소리가 울려 퍼졌다.

"으악!"

"함장님! 미쳤습니까?"

갑작스런 총소리에 고개를 돌리던 우군평 상교는 함교로 난입한 우성리 소장을 보며 소리쳤다.

설마 우성리 소장이 구금에서 풀려나리라 생각지 못했던 부함장은 경악을 금치 못했다.

판단력이 흐려졌다 생각해 신병을 구속한 것인데, 미처 그의 배경을 떠올리지 못한 것이 패착이었다.

사실 그가 함교로 돌아온 것까지는 어느 정도 이해할 수 있었다.

자신의 지휘권을 되찾기 위해서일 테니까.

하지만 설마 승조원들에게 총격을 가할 줄은 전혀 상상도 못했다.

"감히 너희가 날 무시해? 모두 죽어버려!"

탕! 탕!

우성리 소장은 뭔가에 홀린 사람처럼 소리를 질러 대더니 부함장인 우군평은 물론이고, 아직 살아 있는 함교 승조원들을 향해 들고 있던 권총을 난사했다.

잠시 뒤, 함교를 장악한 우성리 소장은 장지안을 돌아보며 명령을 내렸다.

"동풍을 준비해!"

"동풍을 말입니까?"

"그래! 감히 소국 따위가 대국에 대들면 어떻게 되는지 확실히 보여주겠어!"

우성리는 수평선 너머로 보이는 한국의 해군 함대를 노려보며 미치광이처럼 소리쳤다.

그런 우성리 소장을 말없이 쳐다보던 장지안 상사는 작게 한숨을 내쉬며 이내 그의 지시대로 움직였다.

어차피 자신은 그의 집안에 묶인 몸이다.

그러니 그의 말을 거역할 수가 없었다.

평양, 지킴이 PMC 지하 위성 통제 센터.

"앗! 코드 제로! 코드 제로 상황 발생!"

컴퓨터 모니터를 들여다보고 있던 요원 중 한 명이 다급하게 외쳤다.

그와 동시에 사이렌 소리가 요란하게 울려 퍼졌다.

애앵! 애앵! 애앵!

"뭐야! 코드 제로 상황이 발생했다고? 목표가 어디야!"

이곳에 파견 나와 있던 권재관 대령은 안색이 창백해진 채 소리쳤다.

코드 제로 상황이란 핵무기나 그에 준하는 무기에 의한 공격이 발생했을 때를 상정한 코드였다.

즉, 대량의 인명 피해가 예상될 때 발동되는 긴급 코드인 것이다.

최악의 상황을 대비하기 위해 설정해 둔 것이지만, 설마 진짜로 그런 상황이 발생하리라고는 누구도 예상하지 못한 바였다.

권재관 대령은 목표가 어디인지를 한시라도 빨리 알아내야만 했다.

그래야 대비를 할 수 있기 때문이다.

"앗! 서해 380㎞ 지점에서 또다시 탄도미사일이 발사되었습니다!"

또다시 핵무기를 탑재했을 것이라 추정되는 탄도미사일의 발사 보고가 이어졌다.

발사 지점은 아무래도 현재 대한민국 해군과 중국 함대가 한창 교전을 벌이고 있는 곳인 것 같았다.

"목표는 서해 150㎞ 지점입니다!"

"서해? 바다가 목표라고? 다른 하나는 어디야?"

권재관 대령은 처음 발사된 탄도미사일의 목표가 바다라는 것에 안심하며 두 번째 탄도미사일의 목표를 물었다.

"두 번째 탄도미사일의 목표는… 어억! 서, 서울입니다! 탄도미사일의 타깃이 서울입니다, 대령님!"

두 번째 탄도미사일의 발사를 확인했던 위성 관제 요원이 목표를 확인하고는 새된 비명을 질렀다.

"뭐야! 이런 개새끼들… 청와대에 보고해!"

그 순간, 함께 상황을 지켜보고 있던 문익병 지킴이 PMC 사장은 굳은 표정으로 어디론가 전화를 걸었다.

영등포 플라즈마 발전소.

— 코드 제로 발생! 코드 제로 발생!

통제실의 스피커에서 요란한 경고 방송이 울렸다.

경고 방송이 울리자마자 발전소 지하 시설의 직원들은 신속하게 자리를 잡았다.

"타깃 추적!"

플라즈마 발전소 지하 저지먼트 통제실의 실장인 최율 소장은 연락을 받자마자 바로 대응에 나섰다.

이곳 플라즈마 발전소 지하 시설의 이름이 저지먼트가 된 것은 그 이름처럼 대한민국을 위협하는 목표에 대한 심판과 보복을 확실하게 하겠다는 취지에서였다.

사실 군 수뇌부에서는 절대 이 시설이 운용되길 원하지 않았다.

그런데 설마 가동한 지 얼마 되지도 않았는데 실제로 역량을 드러내야 할 상황이 발생할 줄은 아무도 예상하지 못했다.

만약 한반도 영토에서 핵무기가 폭발한다면 그 여파는 단순하게 폭발한 지역만이 아니라 두고두고 동북아시아에 영향을 미칠 것이다.

어쩌면 미국이 발표한 것처럼 전 지구적인 위협으로 작용할 수도 있었다.

그런데 기어이 핵무기가 발사되고 말았다.

때문에 최율 소장은 이곳 저지먼트의 설비를 최대한 활용해 아무런 피해 없이 목표를 제거해야만 했다.

하지만 애초 저지먼트의 설계 목적이 핵무기를 탑재한 탄도미사일의 제거를 위해 만들어졌음에도 불구하고 100%

확신할 수는 없었다.

실제로 그에 대한 훈련이 자주 이루어진 것도 아니다.

그저 가상의 미사일을 발사해 모의실험을 몇 번 했을 뿐이다.

그 실험에서는 모두 100% 성공했지만, 지금은 엄연한 실제 상황이기에 긴장되지 않을 수가 없었다.

자칫 실수라도 한다면 1,000만 서울 시민들의 목숨은 한순간의 불꽃으로 산화할 것이다.

그리고 그중 기적적으로 살아남는 사람들이 있다고 해도 방사능 피폭으로 인해 죽을 때까지 고통을 받을 것이고, 피폭된 사람들의 2세, 3세들은 기형의 위험이 높았다.

"1번 타깃 추적 완료!"

"다른 곳에서는 연락이 없나?"

처음 발사된 탄도미사일의 추적을 담당하던 요원의 보고에 최율 소장은 고개를 끄덕이며 물었다.

"고리 통제실에서도 1번 타깃 추적을 완료했다고 합니다."

"월성 통제실에서 2번 타깃 추적에 성공했다고 합니다."

"영변 통제실에서 2번 타깃 추적 완료하였습니다."

한반도 곳곳에 위치한 저지먼트 통제실에서 추적을 완료

했다는 보고가 계속해서 들어왔다.

최율 소장은 모든 저지먼트 통제실이 단 두 기의 탄도미사일을 제거하기 위해 에너지를 소비하는 것은 손해라는 생각에 우선 자신이 통제하는 영등포 통제실과 평양 통제실 두 곳의 저지먼트만 탄도미사일을 제거하는 데 운용을 하고 다른 저지먼트 통제실에서는 그동안 미뤄두고 있던 목표를 타격하기로 하였다.

사실 전쟁 사령부에서는 중국 함대를 막기 위해 출동한 2, 3함대를 지원하기 위해 저지먼트를 사용할 계획이었다.

하지만 위력이 너무도 강력하기에 잠시 사용을 보류하였다.

저지먼트 통제실의 공격 무기는 한 발이 5~10㎾에 달하는 전술 핵무기에 버금가는 위력을 가지고 있었다.

그런데 한반도에는 20여 곳의 플라즈마 발전소가 있다.

그 말인즉, 저지먼트 통제실이 스무 개가 넘는다는 소리였다.

한 발만 떨어져도 전술핵과 같은 피해를 입힐 수 있었다.

그런데 스무 발이라면 이는 전술핵이 아니라 전략핵무기에 버금가는 대량살상을 하게 될 것이 분명했다.

무기라는 것은 단순히 두 개라고 피해도 두 배로 끝나는 것이 아니라, 기용된 무기의 숫자가 쌓일수록 피해는 기하급수적으로 늘어나게 된다.

그렇기 때문에 그동안 공세를 막아내면서도 저지먼트의 사용을 망설였다.

그런데 중국이 먼저 대량살상무기인 탄도미사일을 발사하였다.

이는 끝장을 보자는 것이나 마찬가지였다.

결국 최율 소장은 현장 지휘관의 권한으로 저지먼트의 사용을 승인하였다.

한반도에 있는 저지먼트 통제실의 실장들 중 가장 계급이 높은 사람이자 저지먼트 운용위원회 의장이 바로 그였다.

물론 그 위에 전쟁 사령부가 있고, 또 국방부와 청와대가 있기는 하지만, 전시이고 현장 운용 책임자이기에 그런 결정을 할 수 있는 것이었다.

"타깃 제거는 이곳 영등포 통제실과 평양 통제실의 저지먼트만 사용하고, 다른 18개소 통제실은 원래 입력된 목표에 보복을 3회 실시한다. 그리고 영등포와 평양 통제실도 타깃이 제거되면, 바로 계획된 목표에 보복을 실시한다."

최율 소장은 빠르게 명령을 내렸다.

지금 이 순간에도 난주함에서 발사된 탄도미사일이 목표

를 향해 고도를 높이고 있는 중이기 때문이었다.

최율 소장의 명령이 떨어지고 중앙의 커다란 모니터에 탄도미사일의 모습이 비쳐졌다.

탄도미사일은 막 1단 부스터를 분리하고 있었다.

"타깃, 1단 부스터 분리합니다!"

계속해서 탄도미사일을 추적하고 있던 요원이 소리를 질렀다.

다 소비한 연료통을 떼어버리기 위해 1단 부스터를 분리한 DF—21은 조금 가벼워져서 그런지 조금 전보다 빠른 속도로 고도를 상승시키고 있었다.

"타깃 좌표 설정하라!"

"좌표 설정! 좌표 설정 완료!"

복명복창을 하며 시스템을 조작하던 운용 요원의 보고에 최율 소장은 주저하지 않고 명령을 내렸다.

"발사!"

사실 저지먼트는 발사라는 말이 잘 어울리지는 않았다.

출구가 있는 것도 아니고, 그저 공간을 이동하는 것이니 말이다.

최율 소장은 저지먼트라 명명된 텔레포트 마법진을 이용해 헬 파이어 마법을 중국의 탄도미사일이 지나가는 좌표로 이동시켰다.

그러자 중앙 모니터에 막 생성된 커다란 고에너지 덩어리가 DF—21과 겹치며 소멸하는 모습이 포착되었다.

"와!"

짝짝짝!

DF—21이 소멸하는 화면을 보면서 저지먼트 운용 요원들이 환호성을 내지르며 박수를 쳤다. 최율 소장도 타깃을 완벽하게 제거했다는 생각에 자신도 모르게 주먹을 불끈 쥐며 들어 올렸다.

"타깃이 제거되었으니, 바로 보복에 들어간다."

청와대 지하 벙커, 전쟁 사령부.

"뭐요? 중국이 핵무기를 발사했다는 말입니까?"

"그렇습니다. 방금 평양 위성 통제센터에서 서해상 380㎞ 지점에서 탄도미사일 두 발이 발사된 것을 포착하였습니다."

윤재인 대통령은 공군 사령관의 보고에 놀라지 않을 수가 없었다.

설마 중국이 정말로 핵무기를 사용할 줄은 상상도 하지 못했다.

물론 가능성을 완전히 배제한 것은 아니지만, 설마 그렇게까지 할까 싶은 생각에 핵무기 공격의 가능성은 무시했다.

그런데 그런 예상이 무색하게도 아직 전쟁의 향방이 결정된 것도 아닌데 핵무기를 발사하자 뒤통수를 맞은 것만 같았다.

"각하, 너무 걱정하지 마십시오. 저희에겐 철벽의 방패인 저지먼트가 있지 않습니까."

"아, 그렇지요. 너무도 충격적인 보고라 잠시 그것을 깜박했군요."

"그리고 저지먼트의 최율 장군이 신의 회초리를 기동하겠다는 보고를 하였습니다."

"그렇게 하라고 하세요. 감히… 이번 기회에 대한민국을 우습게 아는 자들에게 우리의 힘을 확실하게 보여줄 필요가 있습니다."

윤재인 대통령은 존 슈왈츠 대통령의 성명을 통해 미국이 대한민국을 어떻게 생각하고 있는지 절실하게 깨달았다.

말로는 인류의 위기라는 둥 핵무기의 위험성에 대하여 걱정하는 듯하였지만, 내용을 요약하면 굳이 인류에게 위협이 되는 행동을 하지 말고 너희만 죽으라는 말이었다.

그런 미국에 동조하며 떠들어 대는 나라들이나 여과 없이 전 세계로 송출하는 외신들의 모습을 보면서 윤재인 대통령과 대한민국 국민들은 국제사회의 현신은 냉엄하다는 사실을 다시 한 번 깨닫게 되었다.

그리고 마침 합법적으로 힘을 보여줄 무대가 마련되었다.

핵무기 공격에 대한 보복으로 인해 얼마나 많은 중국인이 죽어 나갈지는 알 수 없지만, 이제 그런 것은 상관이 없었다.

앞서 미국이 핵무기 사용에 대한 경고를 했고, 중국이 핵무기를 사용한 것에 대해 보복 공격을 하는 것이다.

그러니 이번 공격으로 중국인이 얼마나 많이 죽어 나가든 책임은 전적으로 중국에 있고, 또 세계는 대한민국에 책임을 물을 수 없을 것이다.

만약 그런 일이 벌어진다면, 그때는 진정 참지 않으리라 다짐을 하였다.

'어디 두고 보자. 앞으로도 우리 대한민국을 무시하는 나라가 있을지……'

윤재인 대통령과 전쟁 사령부에 있는 각 군사령관들은 모두 같은 생각이었다.

◆　　　◆　　　◆

쾅! 쾅! 쾅!

중국 대륙 곳곳에 강철의 비가 내렸다.

그것은 심양에 모여 있던 인민해방군은 물론이고, 압록강으로 진격 중이던 대규모 집단군 또한 모조리 집어삼켰다.

일본과 중국의 함대가 출진할 때, 중국의 인민해방군은 1차 대회전에서 입은 피해를 복구하며 출전에 대비하였다.

해군이 승리를 거두는 것과 동시에 한국의 마지막 숨통을 끊기 위해서였다.

그러나 그들은 아무런 시도도 해보지 못하고 끝장이 나고 말았다.

160만의 인민해방군 병력은 물론이고, 전쟁을 위해 비축한 물자와 3만에 이르는 민간인에 이르기까지 모든 것이 강철 비에 삼켜져 버렸다.

피해는 그뿐만이 아니었다.

중국 인민해방군 최강의 화력을 자랑하는 제2포병 또한 전멸을 피하지 못했다.

제2포병을 비롯한 내륙에 있던 중국 인민해방군 주요 군사시설들이 모조리 폐허로 변했다.

결론적으로 말해 중국은 전력의 80%를 상실하고 말았다.

아직 100만이라는 병력이 남아 있긴 하지만 의미가 없었다. 군사력이란 군인의 숫자만큼이나 장비들도 큰 몫을 차지한다.

그런데 지금 중국은 남은 전력이라고 해봐야 난주 군구와 성도 군구, 그리고 광주 군구를 담당하던 곳의 인민해방군 부대만이 남아 있을 뿐이었다.

이들 세 곳의 장비는 심양이나 북경, 제남 등의 주요 지역보다 훨씬 낙후되어 있었다.

북경과 같은 주요 도시나 해안가를 끼고 있는 부대 위주로 장비들이 보충되면서 내륙에 있는 부대들은 노후화되거나 잉여 장비를 수급 받는 실정이었다.

그런데 이번에 주요 지역 병력들이 한국과의 전쟁에 동원되었다가 모두 산화하고 말았다.

그럼에도 중국의 위기는 끝난 것이 아니었다.

핵전쟁에 대한 경고, 즉 미국은 이번 동북아 3국의 전쟁에 핵이 동원된다면 가만두지 않겠다고 경고했다.

그때까지만 해도 중국인들은, 아니, 전 세계는 한국을 주시했다.

사실상 그 경고는 패전이 확실한 한국을 겨냥한 발표였기 때문이다.

그런데 막상 뚜껑을 열고 보니 전쟁은 예상과 다르게 흘러갔다.

중국 측에서 먼저 핵무기를 꺼내 들고 만 것이다.

한데 그 이후의 결과는 모두의 예상을 뒤엎었다.

중국이 발사한 탄도미사일은 알 수 없는 한국의 비밀 무기에 의해 격추되었다.

한발 더 나아가 한국은 오래전 미국이 개발하던 신의 회초리[The Rod from God]라 의심되는 무기로 보복까지 감행하였다.

이 공격으로 상당한 피해를 입은 중국 지도부도 충격에 휩싸였지만, 정작 가장 충격을 받은 곳은 다른 누구도 아닌 세계 최강 미국이었다.

이익을 위해 동맹의 어려움도 외면하고, 또 벼랑 끝으로 내몰았던 미국이기에 이번 일로 가장 커다란 충격을 받은 것이다.

미국이 손을 놓은 이유는 욕심이 나는 몇 가지 물건을 마음대로 할 수 없기에 전쟁을 묵인해 주면 그 기술들을 미국과 나누겠다는 일본의 약속을 받아들인 것이다.

정상적으로 기술을 얻으려면 많은 돈을 주고 사 와야 하고, 또 몇몇 기술은 판매도 하지 않았다.

뿐만 아니라 어느 순간부터 자신들의 울타리를 벗어나 독자적으로 움직이는 한국보단 말 잘 듣는 일본이 미국의 입장에서는 관리가 더 수월했다.

그래서 전쟁을 묵인하고 한국의 어려움을 외면하였는데, 결과가 정반대로 나오다 보니 미국은 앞으로 외교 정책을 어떻게 다잡아야 할지 갈피를 잡을 수가 없었다.

이번 전쟁을 통해 한국은 예전과는 전혀 다른 위상을 전 세계에 보여주었다.

비록 영토는 작지만 군사 강대국의 모습을 확실하게 선보인 것이다.

러시아를 제치고 세계 2위의 군사 강대국이 되었던 중국과 5위권 안에 드는 일본을 상대로 승리하였다.

물론 아직 전쟁이 끝난 것은 아니지만, 일본의 군사력은 동해해전 한 번에 반 토막이 되었고, 중국의 경우 두 번의 대규모 회전을 통해 군사력의 80%를 잃어버렸다.

뿐만 아니라 중국의 산업 단지와 일본의 공업지역 및 주요 산업 단지들이 모종의 테러로 파괴되었다.

물론 누구에 의해서라는 것은 확인하지 않아도 알 수 있는 일이었다.

두 나라와 전쟁을 벌이고 있는 한국의 특수부대가 벌인 일이란 것은 삼척동자도 알 수 있을 만한 일인 것이다.

그러니 한국은 더 이상 주변국의 의사에 이리 치이고 저리 치이는 나라가 아니었다.

확실하게 군사강국의 자리에 오른 것이다.

이미 한국은 핵무기 보유국이라고 국제사회에서 인정을 받았다.

그런데 핵무기 이상의 무서운 무기가 한국에 있음을 알게 되었다.

더욱이 그것은 다른 나라의 핵무기를 무력화시킬 수 있으며, 또 사용에 제한이 있는 무기도 아니었다.

한국의 보복 공격이 있은 직후, 중국은 무조건적인 항복을 선언하였다.

전체 군사력의 80%를 잃은 탓도 있지만, 그보다는 더 이상 전쟁을 수행할 만한 여력이 없는 이유에서였다.

전쟁을 수행하기 위해선 보급이 중요한데, 더 이상 생산시설이 대륙에 남아 있지 않았다.

하다못해 인민해방군의 제식소총을 생산하는 공장마저 테러로 인해 파괴되었기 때문이다.

뭐라도 들고 싸울 만한 무기가 있어야 전쟁을 계속할 것이 아닌가. 결국 중국은 어쩔 수 없이 자신들의 한계를 깨닫고 항복을 하였다.

10.
그레이트 코리아!

2027년 10월에 발생한 동북아 3국의 전쟁은 빠르게 전황이 바뀌었다.

핵미사일 발사에 대한 한국의 보복 공격으로 중국은 즉각 항복 선언을 하였다.

하지만 전력의 절반이 남아 있던 일본은 끝까지 한국과 전쟁을 계속하였다.

그리고 한국군은 일본에 자신들의 역량을 확실하게 보여주었다. 중국이 괜히 항복을 한 것이 아니란 것을 보여준 것이다.

대한민국의 특수부대라 추정되는 존재들에 의해 이미 산

업 시설의 대부분이 파괴되었음에도 끝까지 옥쇄를 주장하던 일본의 지도부는 결국 중국이 그랬던 것처럼 일본 열도에 강철의 비가 내린 뒤에야 항복을 하였다.

그런데 한국은 중국의 경우와 달리 쉽게 항복을 받아주지 않았다.

한국 정부는 전쟁에 대한 배상금조로 중국으로부터는 막대한 땅을 받았다.

원래 받기로 했던 동북 3성은 물론이고, 산동반도와 중국의 동북부 지역까지 넘겨받았다.

이는 산업 시설이 모두 파괴된 관계로 배상금을 지급할 능력을 상실했기에 땅으로 대체한 것이었다.

이때 대한민국 정부는 오랜 역사 고증을 통해 오래전 한민족의 활동 영역임이 확인된 지역을 받게 되었는데, 그곳이 바로 요동과 요서, 그리고 산동반도 지역이었다.

때문에 중국은 수도를 북경에서 호북성 무한으로 옮겼다.

새롭게 형성된 한국과의 국경에서 너무도 가까운 탓에 포격만으로도 수도가 타격을 받을 수도 있다는 생각이 들어 옮긴 것이었다.

사실 대한민국이 지구 북반구 대부분의 지역에 대하여 타격할 수 있는 무기를 갖고 있다는 것을 생각하면 별 소용이 없는 조치였다.

아무튼 중국은 그렇게 일부 영토를 대한민국에 넘기는 것으로 전쟁배상을 끝냈지만, 일본은 그러지 못했다.

산업 시설이 파괴된 것은 마찬가지지만, 일본에는 많은 돈이 남아 있었다.

엄청난 규모의 미국 채권은 물론이고, 세계 각 지역에 설립된 일본 기업의 지사와 그들이 소유하고 있는 자산이 바로 그것이었다.

대한민국 정부는 그에 대한 권리를 전쟁배상금으로 받은 것은 물론이고, 이번 전쟁이 일본에 의해 계획된 것이란 사실을 중국으로부터 알아내 다시는 이런 생각을 하지 못하도록 강력한 규제를 걸었다.

2차 대전 패배 이후 제정되었던 평화헌법을 자신들 입맛에 맞게 고친 점을 들어, 자위대의 규모를 일정 규모 이상 넘길 수 없다고 명문화하였다.

그로 인해 일본군은 다시 자위대로 격하되었고, 그 숫자 또한 제한을 받게 되었다.

육상 자위대는 장교와 사병의 숫자가 1만 명이 넘지 못하도록 명문화되었으며, 해상 자위대 또한 함정과 총 배수량에 대한 규제를 받았다.

더욱이 해상 자위대의 활동 영역도 일본 본토의 영해로 한정하여 더 이상 해외파병을 할 수 없게 만들었다.

대신 일본 본토 주변의 공해에 대한 방위는 대한민국 해군이 대신 맡기로 하였다.

그리고 일본 공군은 완전히 해체가 되었다.

대한민국이 일본의 해상을 철벽같이 지켜주는데 굳이 전투기를 운용할 필요가 없다는 취지에서였다.

조금 억지나 마찬가지인 조건이었지만, 대한민국 정부는 항복 문서에 그 조항을 집어넣어 일본 정부를 압박했다.

만약 한국의 요구를 들어주지 않는다면 항복 제안도 받아들이지 않겠다고 하였던 것이다.

결국 어쩔 수 없이 일본은 한국 정부의 요구를 들어줄 수밖에 없었다.

전쟁을 일으킨 정부에 대한 시위가 끊이지 않았기 때문이다.

이렇듯 중국과 일본으로부터 엄청난 전쟁배상금을 받아낸 대한민국은 더 이상 약소국이 아니었다.

아니, 사실 예전에도 약소국은 아니었지만, 한국인 자신들이 약소국이라 생각하던 굴레를 완전히 벗어버릴 수 있었다.

세계 2위의 군사 강국 중국을 물리치고, 일본에게도 항복을 받아낸 지금, 한국인들은 자신들과 어깨를 나란히 할 수 있는 강국은 미국뿐이라 생각하게 되었다.

◈   ◈   ◈

2028년 12월 24일, 미국 항공우주국(NASA).

국방부의 요청에 따라 인공위성을 띄우기 위해 NASA는 한창 분주했다.

펜타곤이 인공위성을 띄우려는 이유는 1년 전 동북아 3국의 전쟁 초반, 갑작스럽게 인공위성들이 실종되어 동북아시아에서의 정보 수집이 어려워졌기 때문이다.

어떻게 보면 불량국가나 깡패국가라 불리던 북한이 사라졌으니 굳이 필요 없는 것 아닌가 하는 생각이 들 수도 있겠지만, 국제관계란 것이 꼭 그런 것만은 아니었다.

동북아시아의 강국으로 떠오른 대한민국은 미국의 오랜 맹방이었다.

하지만 존 슈왈츠 행정부의 정책 실패로 미국과 대한민국은 그 어느 때보다 외교 관계가 악화되었다.

뿐만 아니라 동북아시아에서 미국의 이익을 대변해 주던

일본도 더 이상 예전의 입지를 갖추지 못했다.

전쟁에서 패하는 바람에 많은 것을 잃었기 때문이다.

영토의 일부를 대한민국에 넘겨야 했으며, 군사, 외교 등 많은 부분에서 자주권을 상실했다.

당연히 미국의 입장에선 대한민국에 대해 감시를 해야 할 필요성이 대두되었다.

하지만 동북아시아를 담당하던 위성들을 모두 잃어버렸으니 새롭게 쏘아 올려야만 했다.

하지만 급하게 계획을 추진하다 보니 결국 사고가 발생했다.

"메이데이! 메이데이! 메이데이!"

우주 왕복선 엔터프라이즈 호의 승무원인 마이크 타일러는 펜타곤이 요청한 인공위성을 동북아시아 상공에 고정시키는 작업을 하고 있었다.

그런데 작업 도중 사고가 벌어져 그만 우주 미아가 될 처지에 놓이게 되었다.

미국을 포함한 우주개발 선진국들은 지구 주변은 물론이고, 태양도 감시를 하고 있었다.

태양을 관찰하는 이유는 태양의 흑점이 폭발하면서 발생하는 태양풍을 관찰할 필요성이 있기 때문이었다.

미국을 비롯한 우주개발 선진국들은 이런 작업을 철저히 해왔는데, 오늘 예정에도 없던 태양의 흑점 폭발로 인해 지구 주변을 떠돌던 우주 쓰레기가 그만 외부에서 작업을 하던 마이크 타일러를 덮친 것이다.

사고를 당한 마이크 타일러의 구조 요청을 받은 엔터프라이즈 호는 긴급하게 이를 NASA에 보고하였다.

오랜 작업 탓에 엔터프라이즈 호에는 사고를 당한 마이크 타일러를 구조할 만한 연료가 남아 있지 않은 탓이었다.

때문에 NASA에는 비상이 걸렸다. 자국의 우주인이 우주 공간에서 조난을 당했는데, 어찌할 도리가 없기 때문이었다.

사실 우주개발을 하면서 인류는 많은 시행착오를 거치며 지금에 이르렀다.

NASA 역시 정부 시책에 맞춰 우주개발을 하면서 많은 사고가 있었고, 그중 몇 가지는 불문에 붙이기까지 하였다.

만약 모든 사고가 외부에 알려졌더라면 아마도 NASA의 명성은 지금과 같지 않았을 것이다.

특히 1986년 우주 왕복선 챌린저 호의 폭발 사고와 2003년 컬럼비아 호의 폭발 사고는 NASA 창립 이래 최대 위기라 할 수 있을 정도였다.

그 때문에 미국은 유인 우주선의 발사를 20년 가까이 중단하기도 했다.

그런데 유인 우주선을 발사를 재개하고 몇 년 지나지 않아 이렇게 또다시 사고가 발생하니, NASA는 물론이고 미국 행정부도 난리가 난 것이었다.

사고 소식은 금세 전 세계로 퍼지게 되었는데, 미국은 자국의 위상을 다시금 드높이기 위해 이번 인공위성 발사와 유인 우주선 발사를 전 세계에 송출한 것이었다.

결국 미 행정부는 어쩔 수 없이 각국에 도움 요청을 하게 되었다.

찰칵찰칵!

"지금 우주 비행사 마이크 타일러 박사가 들어오고 있습니다."

마이크 타일러 박사를 보기 위해 많은 기자들이 공항에 나와 있었다.

우주 비행사인 마이크 타일러는 인공위성 궤도 고정 작업을 하던 중 외부에 고정시킨 줄이 끊어지는 사고를 당했다.

갑자기 불어온 태양풍에 의해 우주를 떠돌던 우주 쓰레기와 위성이 충돌한 것이었다.

사고를 당한 그에게 남아 있는 시간은 얼마 없었다.

그가 착용한 우주복에는 고작 네 시간의 산소만이 남아 있을 뿐.

즉, 네 시간 내에 그를 구조하지 않으면 목숨을 살릴 방법이 없다는 소리였다.

문제는 그를 구조할 수 있는 조건을 가진 나라가 없다는 점이었다.

우주선을 새롭게 발사하기 위해서는 아무리 빨라도 최소 24시간이 필요했다.

우주선을 연구하는 단체들의 협조를 받아 24시간 내에 어찌어찌 발사한다고 해도 문제였다.

우주 공간에서 조난 당한 사람의 위치를 파악해 구조한다는 것은 사실상 사막에서 떨어진 바늘을 찾는 것보다 어려운 일이었다.

그런데 그때, 기적이 일어났다.

동북아 3국 전쟁 이후 관계가 소원해진 대한민국에서 마이크 타일러 박사를 구조한 것이다.

어떻게 구조한 것인지는 알려지지 않았지만, 어찌 되었든 마이크 타일러 박사가 조난을 당한 지 한 시간도 되지 않아 그의 신병을 확보했다는 내용의 무전이 NASA로 날아들었다.

처음 교신을 한 NASA 관계자는 무척이나 화를 냈다.

그도 그럴 것이, 우주에서 조난을 당한 직원 때문에 신경이 곤두서 있는데, 사고가 터진 지 한 시간 만에 구조를 했다고 무전이 날아오면 그 말을 어느 누가 믿겠는가.

하지만 곧 그 말을 믿을 수밖에 없었다.

그 이유는 바로 조난을 당했던 마이크 타일러 박사와 직접 통화를 했기 때문이다.

통화 사실은 곧바로 상부에 보고되었고, 백악관까지 일사천리로 알려졌다.

그렇게 마이크 타일러의 구조 소식은 미국 전역은 물론이고, 순식간에 전 세계로 알려지게 되었다.

그를 구조한 곳이 어디인지에 대해 관심이 쏠리게 되었으며, 그 주인공이 대한민국이란 사실을 알고 세계는 경악했다.

당시 중국과 일본을 상대로 승전을 거둔 것도 정말 미스터리였는데, 기적과도 같은 우주인의 구조가 어떻게 가능했는지 알 수가 없었기 때문이다.

때문에 마이크 타일러 박사가 귀국하는 공항으로 많은 기자들이 모여든 것이었다.

"박사님, 혹시 이상이 있는 곳은 없습니까?"

"어떻게 그 상황에서 구조를 받게 된 것입니까?"

"그들이 우주선을 가지고 있었습니까?"

마이크 타일러 박사가 모습을 보이자 많은 기자들은 앞다투어 마이크를 들이밀며 질문을 던졌다.

"비키시오! 기자회견은 나중에 조사가 끝난 뒤……."

그때, NASA에서 나온 고위 인사가 기자들을 막아섰다.

하지만 마이크 타일러 박사는 만면에 미소를 지으며 기자들의 질문에 대답을 해주었다.

"저를 걱정해 주셔서 감사합니다. 그리고 다시 한 번 절위기에서 구해준 위대한 한국인들에게 감사하다는 말을 전하고 싶습니다."

말을 하던 마이크 타일러 박사는 카메라를 향해 허리를 숙이며 정중하게 인사를 하였다.

이 동양식 인사는 마이크 타일러가 자신을 구해준 한국인들에게 고마운 마음을 전하기 위해 진심에서 우러나와 하는 행동이었다.

금발의 백인이 취하는 동양식 인사는 많은 사람들에게 신기하게 받아들여졌다.

"위대한 한국인의 우수한 선진 기술이 제게 해준 것처럼 인류를 구원할 것입니다. 그레이트 코리아, 감사합니다."

마이크 타일러는 자신이 구조되던 순간과 이후 치료 받던 과정의 기억을 떠올리며 마무리 인사를 했다. 그런 후, NASA에서 나온 고위인사를 따라 공항을 빠져나갔다.

마이크 타일러 박사의 말과 행동과 카메라를 통해 전 세계로 생중계되었으며, 사람들은 그가 던진 그레이트 코리아라는 단어와 인류를 구원할 것이라는 메시지를 기억에 남겼다.

우주 공간에서 미아가 되었던 마이크 타일러.

그는 긴급 구조 요청을 하였지만, 자신이 살아날 것이란 희망은 버렸다.

작업복의 산소 잔량이 겨우 네 시간밖에 남아 있지 않다는 표시를 보았기 때문이다.

공학박사인 그는 오랜 기간 NASA에서 근무하면서 우주선 발사가 얼마나 복잡하고, 또 얼마나 많은 예산이 들어가는지 잘 알고 있었다.

갑자기 불어온 태양풍 탓에 이제는 자신의 위치도 알 수가 없었다.

그런데 갑자기 앞에서 밝은 빛이 발생하더니, 점점 크기를 키워갔다.

번쩍!

작은 점 같던 빛은 어느새 그가 눈을 뜨지 못할 정도로 커졌다.

무중력 공간인 탓에 소리가 전달되지는 않았지만, 마이크 타일러의 머릿속에서는 빛이 폭발하는 소리가 들리는 듯하였다.

그 직후, 마이크 타일러는 자신의 눈을 의심했다.

빛이 사라지고 그 자리에 떡하니 나타난 것은 물방울 모양의 우주선이었다.

마이크 타일러는 어떻게 된 일인지 파악할 수가 없어 작업복에 남아 있는 추진기를 이용해 작은 우주선에 접근하였다.

그런데 그가 우주선 해치 부분에 도착하자 통신이 들려왔다.

— 대한민국에서 귀하를 구조하기 위해 왔습니다. 안으

로 들어오십시오.

'뭐야? 날 구조하기 위해 왔다고?'

마이크 타일러는 깜짝 놀랐다.

구조 신호를 보낸 지 겨우 한 시간 정도 지났을 뿐인데 자신을 구조하러 왔다니, 믿을 수가 없었다.

게다가 이 우주선은 날아온 것이 아니라 분명 자신의 눈앞에서 팡! 하고 나타났다.

마치 마법사가 마법을 부린 것처럼 말이다.

수많은 의문이 들었지만, 일단 마이크 타일러는 우주선 안으로 들어갔다.

─ 헬멧을 벗으셔도 됩니다.

작은 진동이 있고 난 후, 다시 스피커를 통해 말소리가 들려왔다.

마이크 타일러는 지시대로 행동을 하였다.

작업복의 산소도 세 시간이 조금 못 되게 남아 있었기에 어차피 죽기밖에 더하겠는가 하는 생각에 지시대로 따른 것이었다.

'어라? 전혀 이상이 없네?'

한데 헬멧을 벗어도 숨을 쉬는 것에는 아무 이상이 없었다.

— 자리에 앉아주시기 바랍니다. 대기권으로 진입을 하겠습니다.

스피커에서 계속해서 새로운 지시가 흘러나왔다.

우주선은 처음 보았을 때 생각한 것처럼 그리 크지 않았다. 조금 큰 버스만 했다.

그렇지만 내부는 상당히 넓어 여섯 명은 충분히 앉을 수 있는 공간이 있었다.

조금 비좁게는 열 명까지도 탈 수 있을 정도였다.

— 도착하였습니다.

마이크 타일러가 잠깐 우주선 내부를 살피고 있는데, 스피커에서 도착했다는 말이 들려왔다.

'벌써?'

취익!

뭔가 바람이 빠지는 소리가 들리고, 이어 좌석 뒤쪽에서 웅성거리는 소리가 들렸다.

"어서 오십시오."

"아!"

마이크 타일러는 사람의 말소리가 들려오자 고개를 돌리다 자신도 모르게 감탄성을 흘렸다.

언젠가 본 적이 있는 중년의 남성이 그를 맞이한 것이다.

"…이게 전부입니다."

마이크 타일러는 NASA에 도착하여 자신이 겪은 것을 그대로 성실히 답변했다.

그가 엔터프라이즈 호에 탑승해 우주 공간에서 작업을 하던 것과 사고 당시의 상황, 그리고 구조를 기다리던 중 대한민국의 우주선에 구조를 받게 된 일까지 하나도 빠짐없이 진술을 하였다.

그런 마이크 타일러 박사의 말에 취조를 하던 남자는 인상을 살짝 구겼다.

그도 그럴 것이, 마이크 타일러 박사의 진술은 쉽게 받아들일 수 없는 내용이었기 때문이다.

갑자기 우주선이 나타나고, 본인이 느끼지도 못하는 사이 지상에 도착했다는 말은 상식적으로 이해가 힘들었다.

게다가 한때 자신들의 원조를 받던 한국이 이뤄낸 일이라는 것이 더욱 믿기지 않았다.

하지만 직접 경험한 사람이 그렇다는데 이의를 제기할 수도 없는 노릇이었다.

"알겠습니다. 답변 잘 들었습니다. 나가보셔도 됩니다."

마이크 타일러 박사는 자리에서 일어나 문밖으로 나서려다 잠시 머뭇거렸다. 그러고는 이내 결심한 듯 조사관에게 진심 어린 충고를 던졌다.

"당신이 어떤 기관에서 나온 것인지는 모르겠지만, 예전과 같은 생각으로 대한민국을 상대하다가는 더 이상 미국에 영광은 없을 것입니다. 그들은 기적을 이룩한, 놀라운 나라입니다."

그 순간, 남자는 공항에서 마이크 타일러 박사가 했던 말이 저도 모르게 떠올랐다.

'그레이트 코리아!'

〈『그레이트 코리아』 完〉

GREAT KOREA 그레이트 코리아

1판 1쇄 찍음 2016년 2월 15일
1판 1쇄 펴냄 2016년 2월 19일

지은이 | 정사부
펴낸이 | 정 필
펴낸곳 | 도서출판 **뿔미디어**

기획 · 편집 | 문정흠

출판등록 | 2002년 9월 11일 (제081-1-132호)
주소 | 경기도 부천시 원미구 소향로 17번길(두성프라자) 303호 (우) 14544
전화 | 032)651-6513 / 팩스 032)651-6094
E-mail | bbulmedia@hanmail.net
홈페이지 | http://bbulmedia.com

값 8,000원

ISBN 979-11-315-6980-1 04810
ISBN 979-11-315-6125-6 04810 (세트)

www.bbulmedia.com